考試分數大躍進
累積實力
百萬考生見證
應考秘訣

4

根據日本國際交流基金考試相關概要

精修 **關鍵句版**

絕對合格
日檢必背閱讀

N4
新制對應！

吉松由美・田中陽子 ◎合著

山田社

前言
preface

《精修版 新制對應絕對合格！日檢必背閱讀 N4》內容再加碼
閱讀題常見關鍵句＋啟動聯想情境單字

> 開啟日檢閱讀心法，日檢實力大爆發！
> 只要找對方法，就能改變結果！
> 即使閱讀成績老是差強人意，也能一舉過關斬將，得高分！

★ 日籍金牌教師編著，百萬考生推薦，應考秘訣一本達陣！

★ 被國內多所學校列為指定教材！

★ 搭配同級單字文法的詳解攻略 × 小知識及會話大補帖！

★ 左右頁中日文對照，啟動最有效的解題節奏！

★ 常用關鍵句＋情境分類單字延伸學習，打開聯想記憶力！

為什麼每次日檢閱讀測驗都像水蛭一樣，不知不覺把考試時間吞噬殆盡！

為什麼背了單字、文法，閱讀測驗還是看不懂？

為什麼總是找不到一本適合自己的閱讀教材？

您有以上疑問嗎？

　放心！ 不管是考前半年或是一個月前衝刺，《精修關鍵句版 - 新制對應絕對合格！日檢必背閱讀 N4》帶您揮別過去所有資訊不完整的閱讀教材，磨亮您的日檢實力。有了這一本，便不必再擔心不知道怎麼準備閱讀考試，更不用煩惱來不及完成測驗！

本書【4大必背】不管閱讀考題怎麼出，都能見招拆招！

☞ 閱讀內容無論是考試重點、出題方式、設問方式，完全符合新制考試要求。培養考生「透視題意的能力」，做遍各種「經過包裝」的題目，找出公式、定理和脈絡並進一步活用，就是前進日檢抄捷徑。

☞ 「解題攻略」說明完整詳細，並以雙頁對照排版提供準確又有效率的答題解析，幫您掌握關鍵的解題技巧。除此之外，也從文章中提出 N4 必背「重要單字及文法」，確實點出考題重點，所有盲點一掃而空！

☞ 「小知識大補帖」單元，將 N4 程度最常考的各類主題延伸單字、文法表現、文化背景知識等都整理出來了！而「萬用句小專欄」更是列舉生活中最實用的活用會話！只要掌握本書補充小知識，就能讓您更親近日語，實力迅速倍增，進而提升解題力！

☞ 本書再加入「常用關鍵句」以及「延伸情境分類單字」。讓您熟悉閱讀常考句型、補充大量同級單字，不管考題怎麼變都能迎刃而解，答題從容自在！

本書【6大特色】內容精修，全新編排，讓您讀得方便，學習更有效率！閱讀成績拿高標，就能縮短日檢合格距離，成為日檢考證高手！

1. 名師傳授，完全命中，讓您一次就考到想要的分數！

　　由多位長年在日本，持續追蹤新日檢的日籍金牌教師，完全參照 JLPT 新制重點及歷年試題編寫，無論是考試重點、出題方式、設問方式都符合新日檢要求，徹底針對考試重點。同時完整收錄日檢閱讀「理解內容（短文）」、「理解內容（中文）」、「釐整資訊」3 大題型，每題型各 6 回閱讀模擬試題，準備日檢閱讀精準有效，合格不再交給命運！

題型說明

作答流程
與技巧

2. 精闢分析解題，就像貼身家教，幫您一掃所有閱讀盲點！

閱讀文章總是花大把時間，還是看得一頭霧水嗎？本書把握專注極限 18 分鐘，訓練您 30 秒讀題，30 秒發現解題關鍵！每道試題都附上有系統的分析解說，脈絡清晰，帶您一步一步突破關卡，並從文中挑出 N4 單字和文法，讓您用最短的時間達到最好的學習效果！「單字 × 文法 × 解題攻略」大幅縮短答題時間，3 倍提升應考實力！

題目與關鍵句　　　　　　　　　　　　翻譯與解題

詳盡解題
分段說明

3. 「中日對照編排法」學習力三級跳，啟動聰明的腦系統基因，就像換一顆絕對合格腦袋！

本書突破以往的編排，模擬試題部分獨立開來，設計完全擬真，測驗時可以完全投入而不受答案和解析干擾。翻譯與解題部分再以左右頁中日文完全對照方式，左頁的日文文章加上關鍵句提示，右頁對照翻譯與解題，讓您訂正時不必再東翻西找！關鍵句提示＋精確翻譯＋最精闢分析解說＝達到最有效的解題節奏、學習效率大幅提升！

題目與關鍵句

關鍵句提示

翻譯與解題

4. 小知識萬花筒＋萬用句小專欄，給您一天 24 小時都用得到的字句，閱讀理解力百倍提升！

閱讀文章後附上的「小知識大補帖」，精選補充貼近 N4 程度的成語、詞彙及慣用句型等；「萬用句小專欄」則收錄了日本人生活中的常用句子，無論是生活、學校、交友都能派上用場。豐富多元的內容，絕對讓您更貼近日本文化、更熟悉道地日語，破解閱讀測驗，就像看書報雜誌一樣輕鬆，實力迅速倍增！

小知識

萬用會話

N4 萬用會話小專欄

▶ 假日安排

暇だったら出かけます。
如果有空的話就會出門。

週末は近くを散歩します。
週末會在附近散步。

家でのんびりします。
我會在家裡悠哉休息。

ろな店を見て回ります。
延各種商店。

彼氏とデートをしま
我會和男朋友約會。

友だちとおいしいものを食べに行きます
會和朋友去吃好吃的。

温泉に行きます。
去泡溫泉。

旅行をします。
我去旅行。

家の掃除をします。
私は料理教室に通っていま

❷ 小知識大補帖

▶ 毫無限制的喝？

　　前面文章中出現的「飲み物がただになります」意思是「飲料免費喝」。日文中有個詞叫「飲み放題」,是喝到飽、無限暢飲的意思,其中「放題」是「自由的、毫無限制的」之意。順帶一提,吃到飽則叫做「食べ放題」。

　　國內外某些餐廳會在特定節日祭出「一人 XX 円で飲み放題／食べ放題になります」(一個人 XX 圓就可以喝到飽／吃到飽)的活動,這種活動往往有不錯的成效。

5. 常用關鍵句＋同級情境分類單字,運用聯想力延伸學習,提升句型活用力!

　　本書蒐集了 N4 閱讀考題中常見的關鍵句型,並用關鍵字將句子分門別類,點出重點濃縮資訊,讓讀者運用聯想力,一口氣搞定所有相關句型。此外,也統整了與考題相關的同級延伸情境單字,學習相似單字不必再查找字典,輕鬆打造您的豐富字庫。 不只好學好記,還能活用於其他閱讀考題,怎麼考都不怕!

常用關鍵句

延伸關鍵字

常用的表達關鍵句 *{ }內也可自行帶入其他同彙喔!

01 表示義務、必要性

→{具体的に言葉で伝え}なくてはいけません／必須{具體的說出來傳達想法}。

→{期限が切れたら捨て}なくてはなりません／{過期了就}必須{丟棄}。

→{作業を続けるにはもう一度開か}なければなりません／{要持續作業的話}得{再次打開}。

→{夫は仕事の都合でどうしてもドイツに残ら}なければいけません／{由

關鍵字記單字

▶關鍵字　▶▶單字

食べる
吃
- □ 代わり　　　再来一碗
- □ 御馳走　　　飯菜、美味佳餚
- □ 食事　　　　飯、餐、食物;吃飯、進餐
- □ 外食　　　　在外吃飯
- □ 食べ放題　　吃到飽、隨便吃、想吃多少就吃多少
- □ 飲み放題　　喝到飽、盡管喝

6. 書末列舉 N4 常考文法，依用法分類，隨時查找學習更精確！

　　書末貼心附上 N4 常考文法，並附上例句，方便讀者答題時遇到不會的文法可以翻閱查看。常考文法同樣使用關鍵字統整，查詢一個用法便能找到一連串相似用法，不僅能大量學習，也能幫助深入記憶。讓您精確抓住考試重點，完勝日檢！

用法分類
深入記憶

　　別擔心自己不是唸書的料，您只是沒有遇到對的教材，給您好的學習方法！《精修關鍵句版 - 新制對應絕對合格！日檢必背閱讀 N4》讓您學習力三級跳，啟動聰明的腦系統基因，就像換一顆絕對合格的腦袋！

目錄
contents

新「日本語能力測驗」概要

JLPT

一、什麼是新日本語能力試驗呢

1. 新制「日語能力測驗」

從 2010 年起實施的新制「日語能力測驗」（以下簡稱為新制測驗）。

1－1　實施對象與目的

　　新制測驗與舊制測驗相同，原則上，實施對象為非以日語作為母語者。其目的在於，為廣泛階層的學習與使用日語者舉行測驗，以及認證其日語能力。

1－2　改制的重點
改制的重點有以下四項：

1　測驗解決各種問題所需的語言溝通能力

　　新制測驗重視的是結合日語的相關知識，以及實際活用的日語能力。因此，擬針對以下兩項舉行測驗：一是文字、語彙、文法這三項語言知識；二是活用這些語言知識解決各種溝通問題的能力。

2　由四個級數增為五個級數

　　新制測驗由舊制測驗的四個級數（1級、2級、3級、4級），增加為五個級數（N1、N2、N3、N4、N5）。新制測驗與舊制測驗的級數對照，如下所示。最大的不同是在舊制測驗的 2 級與 3 級之間，新增了 N3 級數。

N1	難易度比舊制測驗的1級稍難。合格基準與舊制測驗幾乎相同。
N2	難易度與舊制測驗的2級幾乎相同。
N3	難易度介於舊制測驗的2級與3級之間。（新增）
N4	難易度與舊制測驗的3級幾乎相同。
N5	難易度與舊制測驗的4級幾乎相同。

＊「N」代表「Nihongo（日語）」以及「New（新的）」。

3　施行「得分等化」

　　由於在不同時期實施的測驗，其試題均不相同，無論如何慎重出題，每次測驗的難易度總會有或多或少的差異。因此在新制測驗中，導入「等化」的計分方式後，便能將不同時期的測驗分數，於共同量尺上相互比較。因此，無論是在什麼時候接受測驗，只要是相同級數的測驗，其得分均可予以比較。目前全球幾種主要的語言測驗，均廣泛採用這種「得分等化」的計分方式。

4 提供「日本語能力試驗 Can-do 自我評量表」（簡稱 JLPT Can-do）

　　　為了瞭解通過各級數測驗者的實際日語能力，新制測驗經過調查後，提供「日本語能力試驗 Can-do 自我評量表」。該表列載通過測驗認證者的實際日語能力範例。希望通過測驗認證者本人以及其他人，皆可藉由該表格，更加具體明瞭測驗成績代表的意義。

1－3　所謂「解決各種問題所需的語言溝通能力」

　　　我們在生活中會面對各式各樣的「問題」。例如，「看著地圖前往目的地」或是「讀著說明書使用電器用品」等等。種種問題有時需要語言的協助，有時候不需要。

　　　為了順利完成需要語言協助的問題，我們必須具備「語言知識」，例如文字、發音、語彙的相關知識、組合語詞成為文章段落的文法知識、判斷串連文句的順序以便清楚說明的知識等等。此外，亦必須能配合當前的問題，擁有實際運用自己所具備的語言知識的能力。

　　　舉個例子，我們來想一想關於「聽了氣象預報以後，得知東京明天的天氣」這個課題。想要「知道東京明天的天氣」，必須具備以下的知識：「晴れ（晴天）、くもり（陰天）、雨（雨天）」等代表天氣的語彙；「東京は明日は晴れでしょう（東京明日應是晴天）」的文句結構；還有，也要知道氣象預報的播報順序等。除此以外，尚須能從播報的各地氣象中，分辨出哪一則是東京的天氣。

　　　如上所述的「運用包含文字、語彙、文法的語言知識做語言溝通，進而具備解決各種問題所需的語言溝通能力」，在新制測驗中稱為「解決各種問題所需的語言溝通能力」。

　　　新制測驗將「解決各種問題所需的語言溝通能力」分成以下「語言知識」、「讀解」、「聽解」等三個項目做測驗。

語言知識	各種問題所需之日語的文字、語彙、文法的相關知識。
讀　解	運用語言知識以理解文字內容，具備解決各種問題所需的能力。
聽　解	運用語言知識以理解口語內容，具備解決各種問題所需的能力。

　　　作答方式與舊制測驗相同，將多重選項的答案劃記於答案卡上。此外，並沒有直接測驗口語或書寫能力的科目。

2. 認證基準

　　　新制測驗共分為 N1、N2、N3、N4、N5 五個級數。最容易的級數為 N5，最困難的級數為 N1。

與舊制測驗最大的不同，在於由四個級數增加為五個級數。以往有許多通過
3 級認證者常抱怨「遲遲無法取得 2 級認證」。為因應這種情況，於舊制測驗的
2 級與 3 級之間，新增了 N3 級數。

新制測驗級數的認證基準，如表 1 的「讀」與「聽」的語言動作所示。該表
雖未明載，但應試者也必須具備為表現各語言動作所需的語言知識。

N4 與 N5 主要是測驗應試者在教室習得的基礎日語的理解程度；N1 與 N2
是測驗應試者於現實生活的廣泛情境下，對日語理解程度；至於新增的 N3，則
是介於 N1 與 N2，以及 N4 與 N5 之間的「過渡」級數。關於各級數的「讀」與「聽」
的具體題材（內容），請參照表 1。

■ 表 1 新「日語能力測驗」認證基準

	級數	認證基準 各級數的認證基準，如以下【讀】與【聽】的語言動作所示。各級數亦 必須具備為表現各語言動作所需的語言知識。
困 難 ＊ ↑	N1	能理解在廣泛情境下所使用的日語 【讀】・可閱讀話題廣泛的報紙社論與評論等論述性較複雜及較抽象的 文章，且能理解其文章結構與內容。 ・可閱讀各種話題內容較具深度的讀物，且能理解其脈絡及詳細 的表達意涵。 【聽】・在廣泛情境下，可聽懂常速且連貫的對話、新聞報導及講課， 且能充分理解話題走向、內容、人物關係、以及說話內容的論 述結構等，並確實掌握其大意。
	N2	除日常生活所使用的日語之外，也能大致理解較廣泛情境下的日語 【讀】・可看懂報紙與雜誌所刊載的各類報導、解說、簡易評論等主旨 明確的文章。 ・可閱讀一般話題的讀物，並能理解其脈絡及表達意涵。 【聽】・除日常生活情境外，在大部分的情境下，可聽懂接近常速且連 貫的對話與新聞報導，亦能理解其話題走向、內容、以及人物 關係，並可掌握其大意。
	N3	能大致理解日常生活所使用的日語 【讀】・可看懂與日常生活相關的具體內容的文章。 ・可由報紙標題等，掌握概要的資訊。 ・於日常生活情境下接觸難度稍高的文章，經換個方式敘述，即 可理解其大意。 【聽】・在日常生活情境下，面對稍微接近常速且連貫的對話，經彙整 談話的具體內容與人物關係等資訊後，即可大致理解。

	N4	能理解基礎日語
		【讀】‧ 可看懂以基本語彙及漢字描述的貼近日常生活相關話題的文章。
		【聽】‧ 可大致聽懂速度較慢的日常會話。
＊容易	N5	能大致理解基礎日語
		【讀】‧ 可看懂以平假名、片假名或一般日常生活使用的基本漢字所書寫的固定詞句、短文、以及文章。
		【聽】‧ 在課堂上或周遭等日常生活中常接觸的情境下，如為速度較慢的簡短對話，可從中聽取必要資訊。

＊ N1 最難，N5 最簡單。

3. 測驗科目

新制測驗的測驗科目與測驗時間如表 2 所示。

■ 表 2 測驗科目與測驗時間＊①

級數	測驗科目（測驗時間）			
N1	語言知識（文字、語彙、文法）、讀解 （110 分）		聽解 （60 分）	→ 測驗科目為「語言知識（文字、語彙、文法）、讀解」；以及「聽解」共 2 科目。
N2	語言知識（文字、語彙、文法）、讀解 （105 分）		聽解 （50 分）	→
N3	語言知識（文字、語彙） （30 分）	語言知識（文法）、讀解 （70 分）	聽解 （40 分）	→ 測驗科目為「語言知識（文字、語彙）」；「語言知識（文法）、讀解」；以及「聽解」共 3 科目。
N4	語言知識（文字、語彙） （30 分）	語言知識（文法）、讀解 （60 分）	聽解 （35 分）	→
N5	語言知識（文字、語彙） （25 分）	語言知識（文法）、讀解 （50 分）	聽解 （30 分）	→

　　N1 與 N2 的測驗科目為「語言知識（文字、語彙、文法）、讀解」以及「聽解」共 2 科目；N3、N4、N5 的測驗科目為「語言知識（文字、語彙）」、「語言知識（文法）、讀解」、「聽解」共 3 科目。

　　由於 N3、N4、N5 的試題中，包含較少的漢字、語彙、以及文法項目，因此當與 N1、N2 測驗相同的「語言知識（文字、語彙、文法）、讀解」科目時，有時會使某幾道試題成為其他題目的提示。為避免這個情況，因此將「語言知識（文字、語彙、文法）、讀解」，分成「語言知識（文字、語彙）」和「語言知識（文法）、讀解」施測。

＊①：聽解因測驗試題的錄音長度不同，致使測驗時間會有些許差異。

4. 測驗成績

4−1　量尺得分

舊制測驗的得分，答對的題數以「原始得分」呈現；相對的，新制測驗的得分以「量尺得分」呈現。

「量尺得分」是經過「等化」轉換後所得的分數。以下，本手冊將新制測驗的「量尺得分」，簡稱為「得分」。

4−2　測驗成績的呈現

新制測驗的測驗成績，如表3的計分科目所示。N1、N2、N3的計分科目分為「語言知識（文字、語彙、文法）」、「讀解」、以及「聽解」3項；N4、N5的計分科目分為「語言知識（文字、語彙、文法）、讀解」以及「聽解」2項。

會將N4、N5的「語言知識（文字、語彙、文法）」和「讀解」合併成一項，是因為在學習日語的基礎階段，「語言知識」與「讀解」方面的重疊性高，所以將「語言知識」與「讀解」合併計分，比較符合學習者於該階段的日語能力特徵。

■ 表3　各級數的計分科目及得分範圍

級數	計分科目	得分範圍
N1	語言知識（文字、語彙、文法） 讀解 聽解	0 ～ 60 0 ～ 60 0 ～ 60
	總分	0 ～ 180
N2	語言知識（文字、語彙、文法） 讀解 聽解	0 ～ 60 0 ～ 60 0 ～ 60
	總分	0 ～ 180
N3	語言知識（文字、語彙、文法） 讀解 聽解	0 ～ 60 0 ～ 60 0 ～ 60
	總分	0 ～ 180
N4	語言知識（文字、語彙、文法）、讀解 聽解	0 ～ 120 0 ～ 60
	總分	0 ～ 180
N5	語言知識（文字、語彙、文法）、讀解 聽解	0 ～ 120 0 ～ 60
	總分	0 ～ 180

各級數的得分範圍，如表 3 所示。N1、N2、N3 的「語言知識（文字、語彙、文法）」、「讀解」、「聽解」的得分範圍各為 0～60 分，三項合計的總分範圍是 0～180 分。「語言知識（文字、語彙、文法）」、「讀解」、「聽解」各占總分的比例是 1：1：1。

N4、N5 的「語言知識（文字、語彙、文法）、讀解」的得分範圍為 0～120 分，「聽解」的得分範圍為 0～60 分，二項合計的總分範圍是 0～180 分。「語言知識（文字、語彙、文法）、讀解」與「聽解」各占總分的比例是 2：1。還有，「語言知識（文字、語彙、文法）、讀解」的得分，不能拆解成「語言知識（文字、語彙、文法）」與「讀解」二項。

除此之外，在所有的級數中，「聽解」均占總分的三分之一，較舊制測驗的四分之一為高。

4－3 合格基準

舊制測驗是以總分作為合格基準；相對的，新制測驗是以總分與分項成績的門檻二者作為合格基準。所謂的門檻，是指各分項成績至少必須高於該分數。假如有一科分項成績未達門檻，無論總分有多高，都不合格。

新制測驗設定各分項成績門檻的目的，在於綜合評定學習者的日語能力，須符合以下二項條件才能判定為合格：①總分達合格分數（＝通過標準）以上；②各分項成績達各分項合格分數（＝通過門檻）以上。如有一科分項成績未達門檻，無論總分多高，也會判定為不合格。

N1～N3 及 N4、N5 之分項成績有所不同，各級總分通過標準及各分項成績通過門檻如下所示：

級數	總分		分項成績					
			言語知識（文字・語彙・文法）		讀解		聽解	
	得分範圍	通過標準	得分範圍	通過門檻	得分範圍	通過門檻	得分範圍	通過門檻
N1	0～180分	100分	0～60分	19分	0～60分	19分	0～60分	19分
N2	0～180分	90分	0～60分	19分	0～60分	19分	0～60分	19分
N3	0～180分	95分	0～60分	19分	0～60分	19分	0～60分	19分

級數	總分		分項成績			
			言語知識（文字・語彙・文法）・讀解		聽解	
	得分範圍	通過標準	得分範圍	通過門檻	得分範圍	通過門檻
N4	0～180分	90分	0～120分	38分	0～60分	19分
N5	0～180分	80分	0～120分	38分	0～60分	19分

※ 上列通過標準自 2010 年第 1 回 (7 月)【N4、N5 為 2010 年第 2 回 (12 月)】起適用。

缺考其中任一測驗科目者，即判定為不合格。寄發「合否結果通知書」時，含已應考之測驗科目在內，成績均不計分亦不告知。

4－4　測驗結果通知

　　依級數判定是否合格後，寄發「合否結果通知書」予應試者；合格者同時寄發「日本語能力認定書」。

■ N1, N2, N3

■ N4, N5

※ 各節測驗如有一節缺考就不予計分，即判定為不合格。雖會寄發「合否結果通知書」但所有分項成績，含已出席科目在內，均不予計分。各欄成績以「＊」表示，如「＊＊／60」。
※ 所有科目皆缺席者，不寄發「合否結果通知書」。

N4 題型分析

測驗科目 (測驗時間)				試題內容	
			題型	小題 題數＊	分析
語言知識 (30分)	文字、語彙	1	漢字讀音　◇	9	測驗漢字語彙的讀音。
		2	假名漢字寫法　◇	6	測驗平假名語彙的漢字寫法。
		3	選擇文脈語彙　○	10	測驗根據文脈選擇適切語彙。
		4	替換類義詞　○	5	測驗根據試題的語彙或說法，選擇類義詞或類義說法。
		5	語彙用法　○	5	測驗試題的語彙在文句裡的用法。
語言知識、讀解 (60分)	文法	1	文句的文法1 （文法形式判斷）　○	15	測驗辨別哪種文法形式符合文句內容。
		2	文句的文法2 （文句組構）　◆	5	測驗是否能夠組織文法正確且文義通順的句子。
		3	文章段落的文法　◆	5	測驗辨別該文句有無符合文脈。
	讀解＊	4	理解內容 （短文）　○	4	於讀完包含學習、生活、工作相關話題或情境等，約100-200字左右的撰寫平易的文章段落之後，測驗是否能夠理解其內容。
		5	理解內容 （中文）　○	4	於讀完包含以日常話題或情境為題材等，約450字左右的簡易撰寫文章段落之後，測驗是否能夠理解其內容。
		6	釐整資訊　◆	2	測驗是否能夠從介紹或通知等，約400字左右的撰寫資訊題材中，找出所需的訊息。
聽解 (35分)		1	理解問題　◇	8	於聽取完整的會話段落之後，測驗是否能夠理解其內容（於聽完解決問題所需的具體訊息之後，測驗是否能理解應當採取的下一個適切步驟）。
		2	理解重點　◇	7	於聽取完整的會話段落之後，測驗是否能夠理解其內容（依據剛才已聽過的提示，測驗是否能夠抓住應當聽取的重點）。
		3	適切話語　◆	5	於一面看圖示，一面聽取情境說明時，測驗是否能夠選擇適切的話語。
		4	即時應答　◆	8	於聽完簡短的詢問之後，測驗是否能夠選擇適切的應答。

＊「小題題數」為每次測驗的約略題數，與實際測驗時的題數可能未盡相同。
　此外，亦有可能會變更小題題數。

＊ 有時在「讀解」科目中，同一段文章可能會有數道小題。

＊ 符號標示：「◆」舊制測驗沒有出現過的嶄新題型；「◇」沿襲舊制測驗的題型，但是更動部分形式；「○」與舊制測驗一樣的題型。

資料來源：《日本語能力試驗JLPT官方網站：分項成績‧合格判定‧合否結果通知》。2016年1月11日，
　　　　取自：http://www.jlpt.jp/tw/guideline/results.html

もんだい **4**

在讀完包含學習、生活、工作相關話題或情境等，約 100 ～ 200 字左右的平易的文章之後，測驗是否能夠理解其內容。

理解內容／短文

考前要注意的事

▶ **作答流程 & 答題技巧**

| 閱讀說明 | 先仔細閱讀考題説明 |

| 閱讀問題與內容 | **預估有 4 題** |

1 考試時建議先看提問及選項，再看文章。

2 閱讀經過改寫後的約 100 ～ 200 字的短篇文章，測驗是否能夠理解文章內容。以生活、工作、學習及書信、電子郵件等為主題的簡單文章。

3 提問一般用「〜は、どうすればいいですか」（…該怎麼做好呢？）、「〜についてわかることは何ですか」（有關…可以知道的有哪些？）的表達方式。

4 也會出現同一個意思，改用不同詞彙的作答方式。還有提問與內容不符的選項，也常出現，要小心應答。

| 答題 | 選出正確答案 |

もんだい4　Reading

つぎの（1）から（4）の文章を読んで、質問に答えてください。答えは、1・2・3・4から、いちばんいいものを一つえらんでください。

（1）

　駅前にあるイタリア料理のレストランでは、誕生日に食事に来た人は飲み物がただになります。きのうは弟の誕生日でしたので、久しぶりに家族みんなで食事に行きました。ビールを全部で14杯注文しました。弟は2杯しか飲まなかったのに、父は一人で6杯も飲んでいました。

26　きのう、全部でビール何杯分のお金を払いましたか。

1　14杯分
2　2杯分
3　12杯分
4　6杯分

(2)

　　飛行機のチケットを安く買う方法をいくつか紹介しましょう。一つは2、3か月前に予約する方法です。でもこの場合、あとで予定を変えるのは難しいので、よく考えてから予約してください。もう一つは、旅行に行く2、3日前に買う方法です。まだ売れていないチケットが安く買えるかもしれませんが、席がなければ旅行に行けなくなるので、気をつけてください。

27　8月10日ごろに旅行に行こうと思っています。いつチケットを買うと、安く買えますか。
1　5月ごろか、8月7、8日ごろ
2　7月18日から20日ごろ
3　7月になってから
4　2月か3月

(3)

これは、田中さんから林さんに届いたメールです。

林さん

　お久しぶりです。お元気ですか。最近の大阪の天気

はどうですか。

　わたしは20日から、仕事で１週間、大阪に行くこと

になりました。

　大阪駅の近くに、おいしいフランス料理のレストラ

ンがあるそうですね。いっしょに食事をしたいです。

　わたしは23日の夜は、時間があります。

　林さんはその日はどうですか。お返事ください。

田中

---

28 林さんは田中さんに何を知らせなければなりませんか。

1 最近の大阪の天気がいいかどうか。

2 大阪駅の近くのレストランがいいかどうか。

3 23日に時間があるかどうか。

4 20日に時間があるかどうか。

(4)

　野菜や果物は体にとてもいい食べ物ですが、食べ過ぎはよくありません。野菜は1日に350グラム、果物は1日に200グラムぐらいがいいそうです。

　けさ、わたしはいちごを七つ食べました。一つ14グラムぐらいですから、七つで約100グラムです。お昼は果物が食べられませんでしたので、その代わりにサラダをたくさん食べました。晩ごはんのあとで、りんごを食べようと思っていますが、食べ過ぎには気をつけなければいけません。

29　この人は、きょうの夜どれぐらい果物を食べるとちょうどいいですか。

1　できるだけたくさん

2　350グラム

3　200グラム

4　100グラム

つぎの(1)から(4)の文章^{ぶんしょう}を読んで、質問に答えてください。答えは、1・2・3・4から、いちばんいいものを一つえらんでください。

(1)

　　駅前^{えきまえ}にあるイタリア料理^{りょうり}のレストランでは、**誕生日^{たんじょうび}に食事^{しょくじ}に** ＜關鍵句
来^きた人は飲^のみ物^{もの}がただになります。きのうは弟の誕生日でした
ので、久^{ひさ}しぶりに家族^{かぞく}みんなで食事^{しょくじ}に行^いきました。**ビールを全** ＜關鍵句
部^ぶで14杯注文^{はいちゅうもん}しました。弟^{おとうと}は2杯^{はい}しか飲^のまなかったのに、父は
　　　　　　　　　　　　　　　　　　　　└ 文法詳見 P30
一人^{ひとり}で6杯^{ばい}も飲^のんでいました。
　　└ 文法詳見 P30

26　きのう、全部^{ぜんぶ}でビール何杯分^{なんばいぶん}のお金^{かね}を払^{はら}

いましたか。

1　14杯分^{はいぶん}

2　2杯分^{はいぶん}

3　12杯分^{はいぶん}

4　6杯分^{ばいぶん}

□ 駅前^{えきまえ}　車站前

□ イタリア料理^{りょうり}【Italia 料理】
　義式料理

□ レストラン【restaurant】
　餐廳

□ 誕生日^{たんじょうび}　生日

□ ただ　免費

□ 久^{ひさ}しぶりに　久違地

□ ビール【beer】啤酒

□ 〜杯^{はい}　…杯

□ 注文^{ちゅうもん}　點〈餐〉

□ 払^{はら}う　付錢

請閱讀下列（１）～（４）的文章並回答問題。請從選項１・２・３・４當中選出一個最恰當的答案。

（1）

　車站前的義式餐廳，壽星在生日當天可以免費暢飲。昨天是弟弟的生日，所以我們全家人久違地一起外出用餐。大家一共點了 14 杯啤酒。弟弟只喝了２杯而已，爸爸卻一個人就喝了６杯。

---

26 請問昨天，一共付了幾杯啤酒的錢？　　　　　　　　　Answer **3**

　1　14 杯

　2　２杯

　3　12 杯

　4　６杯

解題攻略

　像這種詢問數量的題型，題目中一定都有條件限制或陷阱，要多加留意。

　這一題解題關鍵在「ビールを全部で14杯注文しました」（一共點了14杯啤酒）、「誕生日に食事に来た人は飲み物がただになります」（壽星在生日當天可以免費暢飲），「ただ」是「免費」的意思，也就是說壽星喝的飲料不用錢。

　「きのうは弟の誕生日でした」（昨天是弟弟的生日）、「弟は２杯しか飲まなかったのに」（弟弟只喝了兩杯而已），因此「14－２＝12」，只要付12杯的酒錢就好。正確答案是 3。

（2）

　飛行機のチケットを安く買う方法をいくつか紹介しましょう。
　一つは2、3か月前に予約する方法です。でもこの場合、あとで ＜關鍵句
予定を変えるのは難しいので、よく考えてから予約してくださ
い。もう一つは、旅行に行く2、3日前に買う方法です。まだ ＜關鍵句
売れていないチケットが安く買えるかもしれませんが、席がな
ければ旅行に行けなくなるので、気をつけてください。

┌文法詳見 P31

27 8月10日ごろに旅行に行こうと思ってい
　　 ます。いつチケットを買うと、安く買え
　　 ますか。
　1　5月ごろか、8月7、8日ごろ
　2　7月18日から20日ごろ
　3　7月になってから
　4　2月か3月

□ 飛行機　飛機　　　　　　□ 席　位子
□ チケット【ticket】
　　機票；票券
□ 方法　方法
□ 紹介する　介紹
□ 予約　預購；預約
□ 場合　情形；狀況
□ 予定　預定〈計畫〉
□ 変える　改變
□ 旅行　旅行

(2)

　　我來介紹幾個可以買到便宜機票的方法吧。其中一個方法是在 2、3 個月前預訂，不過在這個情況下，之後不好變更行程，所以請仔細考量再訂購。另外一個方法是在旅行前 2、3 天購買機票。也許能便宜買到還沒賣出去的機票，可是如果沒有座位就不能去旅行了，請多加留意。

---

27 預計在 8 月 10 號左右出發去旅行，請問什麼時候買機票比較便宜呢？

Answer　**1**

1 5 月左右或 8 月 7 號、8 號左右
2 7 月 18 號到 20 號左右
3 7 月起
4 2 月或 3 月

解題攻略

　　問題關鍵在「いつ」（何時），要特別留意題目中出現的時間。另外，如果是在列舉介紹事物，「一つは～」（一個是～）、「もう一つは～」（另一個是～）出現的地方就是重點。

　　這篇文章是在說明買到便宜機票的方法，分別是「2、3 か月前に予約する方法」（方法是在兩三個月前預訂）和「旅行に行く 2、3 日前に買う方法」（方法是在旅行前兩三天購買），所以 8 月 10 日如果要去旅行，可以提前 2、3 個月或是 2、3 天購買會比較便宜，也就是選項 1「5 月ごろか、8 月 7、8 日ごろ」。

　　「かもしれない」（或許…）表示說話者對於自己的發言、推測沒把握。「行ける」（能去）和「買える」（能買）是「行く」（去）、「買う」（買）的可能形。題目中「～と思っている」用於表示某人有某種想法、念頭。

(3)

これは、田中さんから林さんに届いたメールです。

林さん

　お久しぶりです。お元気ですか。最近の大阪の天気はどうですか。

　わたしは20日から、仕事で1週間、大阪に行く<u>こと</u>

<u>になりました。</u>
└文法詳見 P31

　大阪駅の近くに、おいしいフランス料理のレストラ

ンがある<u>そうですね</u>。いっしょに食事をしたいです。
└文法詳見 P32

わたしは23日の夜は、時間があります。　　　　←── 關鍵句

林さんはその日はどうですか。お返事ください。

田中

□ 届く　送達
□ メール【mail】電子郵件
□ お久しぶりです　好久不見
□ 大阪　大阪
□ ～週間　…週
□ フランス料理【France料理】法國料理
□ 夜　晚上
□ 返事　答覆

28 林さんは田中さんに何を知らせなければなりませんか。
└文法詳見 P32

1　最近の大阪の天気がいい<u>かどうか</u>。
└文法詳見 P32

2　大阪駅の近くのレストランがいいかどうか。

3　23日に時間があるかどうか。

4　20日に時間があるかどうか。

(3)

這是一封田中寫給林先生的電子郵件。

林先生

好久不見。近來可好？最近大阪的天氣如何呢？

我 20 日起要去大阪洽公一個禮拜。

聽說大阪車站的附近有很好吃的法式料理餐廳。我想和你一起吃頓飯。

我 23 日晚上有空。

你那天方便嗎？請回信給我。

田中

郵件倒數第二句「わたしは23日の夜は、時間があります」，接著問「林さんはその日はどうですか」。「そ」開頭的指示詞指的都是不久前才提到的事物，這個「その日」指的就是前一句提到的23日。

最後用表示請求的句型「～ください」請林先生回信，所以林先生要告訴田中的是他23日有沒有空。

28 請問林先生必須要告訴田中什麼事情呢？　　Answer 3

1 最近大阪的天氣好不好。

2 大阪車站附近的餐廳好不好。

3 23 日有沒有時間。

4 20 日有沒有時間。

補充單字　餐廳用餐

□ 外食（がいしょく）　外食，在外用餐
□ 御馳走（ごちそう）　請客；豐盛佳餚
□ 宴会（えんかい）　宴會，酒宴
□ 合コン（ごう）　聯誼

□ 歓迎会（かんげいかい）　歡迎會，迎新會
□ 送別会（そうべつかい）　送別會
□ おつまみ　下酒菜，小菜
□ レジ【register之略】　收銀台

(4)

　野菜や果物は体にとてもいい食べ物ですが、食べ過ぎはよくありません。野菜は１日に350グラム、果物は１日に200グラム＜關鍵句ぐらいがいいそうです。

　けさ、わたしはいちごを七つ食べました。一つ14グラムぐ＜關鍵句らいですから、七つで約100グラムです。お昼は果物が食べられませんでしたので、その代わりにサラダをたくさん食べました。晩ごはんのあとで、りんごを食べようと思っていますが、食べ過ぎには気をつけなければいけません。

　　　　　　　　　　　　　　└文法詳見 P33

---

29 この人は、きょうの夜どれぐらい果物を食べるとちょうどいいですか。

1　できるだけたくさん

2　350グラム

3　200グラム

4　100グラム

□ 野菜　蔬菜　　　　　　　□ サラダ【salad】沙拉
□ 果物　水果
□ 食べ物　食物
□ ～過ぎ　…過頭；…超過
□ グラム【gram】公克
□ いちご　草莓
□ 約～　大約
□ その代わりに　取而代之地

(4)

　蔬菜和水果雖然是對身體好的食物，但是如果吃太多就不好了。據說蔬菜一天攝取 350 公克，水果一天攝取 200 公克，這樣最理想。

　今天早上我吃了 7 顆草莓。一顆重量是 14 公克左右，7 顆大約 100 公克。中午不能吃水果，所以取而代之地，我吃了很多沙拉。晚餐後我想吃蘋果，不過一定要小心過量。

---

29 請問這個人今晚要吃多少的水果才剛剛好呢？　　　Answer **4**

1 吃越多越好

2 350 公克

3 200 公克

4 100 公克

解題攻略

　遇到「どれぐらい」（多少）的題型，就要留意數字。

　問題焦點在「果物」（水果），所以只要看水果的部分。文章提到「果物は 1 日に200グラムぐらいがいいそうです」（據說水果一天攝取200公克左右最理想），所以選項 1、2 都是錯的。

　第二段「けさ、わたしはいちごを七つ食べました。一つ14グラムぐらいですから、七つで約100グラムです」（今天早上我吃了 7 顆草莓。一顆重量是14公克左右，7 顆大約100公克），「200－100＝100」，今晚只需再吃100公克。

　「～にいい」是「對…很好」，如果要表達某項事物是有害的，可以用「～に悪い」。

✐ 文法と萬用句型

【［名詞・形容動詞］な；［動詞・形容詞］普通形】＋のに。表示逆接，用於後項結果違反前項的期待。或表示前項和後項呈現對比的關係。

❶ ＿＿＿＿＋のに（逆接・對比）

明明…卻・但是…

例句 このレストランは、不便な場所にあるのに人気があります。

這家餐廳明明位於交通不方便的地點卻很受歡迎。

〔替換單字・短句〕

□ おいしくない 不好吃
□ 値段が高い 很貴

【數量詞】＋も。前面接數量詞，用在強調數量很多、程度很高的時候，或表示實際的數量或次數並不明確，但說話者感覺很多。

❷ ＿＿＿＿＋も 多達…

例句 ゆうべはワインを2本も飲みました。

昨晚喝了多達兩瓶紅酒。

〔替換單字・短句〕

□ ビールを7本 7瓶啤酒
□ コーヒーを5杯 5杯咖啡
□ ジュースを3杯 3杯果汁

【疑問詞】＋【名詞；形容動詞詞幹；［形容詞・動詞］普通形】＋か。當一個完整的句子中，包含另一個帶有疑問詞的疑問句時，則表示事態的不明確性。

❸ ＿＿＿＿＋か 疑問句為名詞

例句 外に誰がいるか見て来てください。

請去看看誰在外面。

4 ＿＿＿＿＋ば

如果…的話、假如…、如果…就…

例句 雨が降れば、大変だ。

如果下雨，那就糟了！

〔替換單字・短句〕

□ あと一秒も遅ければ　如果再晚一秒

□ これが本当なら　假如這是真的

> 【[形容詞・動詞] 假定形；[名詞・形容動詞] 假定形】＋ば。敘述一般客觀事物的條件關係。如果前項成立，後項就一定會成立。

5 ＿＿＿＿＋と　一…就

例句 角を曲がると、すぐ彼女の家が見えた。

一過了轉角，馬上就可以看到她家了。

〔替換單字・短句〕

□ その信号を渡る　過了那個紅綠燈

□ この道をまっすぐに行く　朝這條路直走

> 【名詞・形容詞・形容動詞・動詞] 普通形（只能用在現在形及否定形）】＋と。表示陳述一般條件關係，不能使用表示說話人的意志、請求等。

例句 家に帰ると、電気がついていました。

一回到家，就發現電燈是開著的。

> 【動詞辭書形；動詞て形＋ている】＋と。表示前項如果成立，就會發生後項的事情，或是說話者因此有了新的發現。

6 ＿＿＿＿＋ことになる

（被）決定…；也就是說…

例句 駅にエスカレーターをつけることになりました。

車站決定設置自動手扶梯。

〔替換單字・短句〕

□ 新しいホームを作る　修建新月台

□ クーラーをつけない　不開空調

> 【動詞辭書形；動詞否定形】＋ことになる。表示決定。指說話人以外的人、團體或組織等，客觀地做出了某些安排或決定。

【［名詞・形容詞・形動容詞・動詞］普通形】＋そうだ。表示傳聞。不是自己直接獲得的，而是從別人那裡、報章雜誌或信上等處得到該信息。

❼ ☐☐☐ **＋そうだ** 聽說…、據說…

例句 彼の話では、彼女は離婚したそうだ。

根據他的説法，她似乎離婚了。

〔替換單字・短句〕
☐ テニスが上手だ 很擅長打網球
☐ 背が高い 個子很高

【動詞否定形】＋なければならない。表示無論是自己或對方，從社會常識或事情的性質來看，不那樣做就不合理，有義務要那樣做。

8 ☐☐☐ **＋なければならない**

必須…、應該…

例句 12時までに家に帰らなければならない。

必須在 12 點以前回家才行。

〔替換單字・短句〕
☐ 空港に着か 抵達機場
☐ DVD を返さ 歸還 DVD

【名詞；形容動詞詞幹；［形容詞・動詞］普通形】＋かどうか。表示從相反的兩種事物中選擇其一。「～かどうか」前面接「不知是否屬實」的情報。

9 ☐☐☐ **＋かどうか** 是否……、與否

例句 あの二人が兄弟かどうか分かりません。

我不知道那兩個人是不是兄弟。

〔替換單字・短句〕
☐ 先生が来る 老師會不會來
☐ 水が飲める 水能不能喝
☐ 映画がおもしろい 電影是否有趣

10 □□□　＋（よ）うとおもう

我想…、我要…

例句 今度は北海道へ旅行に行こう
と思います。

下回打算去北海道旅行。

〔替換單字・短句〕

□ 彼氏と来よう　和男友一起來

□ Ｎ４の試験を受けよう　參加日檢 N4
的測驗

> 【動詞意向形】＋（よ）うと
> おもう。表示説話人告訴
> 聽話人，説話當時自己的
> 想法、打算或意圖。

⚡ **小知識大補帖**

▶ **毫無限制的喝？**

　　前面文章中出現的「飲み物がただになります」意思是 "飲料免費喝"。
日文中有個詞叫「飲み放題」，是喝到飽、無限暢飲的意思，其中「放題」
是 "自由的、毫無限制的" 之意。順帶一提，吃到飽則叫做「食べ放題」。

　　國內外某些餐廳會在特定節日推出「一人 XX 円で飲み放題／食べ放題に
なります」（一個人 XX 圓就可以喝到飽／吃到飽）的活動，這種活動往往有
不錯的成效。

▶ **日本的入境審查**

　　到日本接受入境審查時，為達反恐目的，規定外國人第一次入境日本要
按食指指紋和拍攝臉部照片。這時，海關人員會説：「カメラを見てください」
（請看照相機）、「こちらを見てください」（請看這邊）、「人差し指をこ
こに置いてください」（請將食指按在這裡）。

▶ **「食事」、「ご飯」比一比**

　　「食事」（用餐）：指為了生存而攝取必要的食物，也專就人類而言，包括每
日的早、午、晚餐。例如吃完飯可以説「食事が終わる」（吃完飯）。

　　「ご飯」（餐）：「めし」（飯）的鄭重説法。「めし」是用大米、麥子等燒的飯。
吃飯可以説「ご飯を食べる」（吃飯）、「めしを食う」（吃飯）。

常用的表達關鍵句

＊{ } 內也可自行帶入其他詞彙喔！

01 表示義務、必要性

→ {具体的に言葉で伝え} なくてはいけません／必須 {具體的說出來傳達想法}。

→ {期限が切れたら捨て} なくてはなりません／{過期了就} 必須 {丟棄}。

→ {作業を続けるにはもう一度開か} なければなりません／{要持續作業的話} 得 {再次打開}。

→ {夫は仕事の都合でどうしてもドイツに残ら} なければいけません／{由於工作關係，我先生} 不得不 {留在德國}。

→ {どうあるべきか、より具体的に考え、行動に移され} ねばならない／{不論什麼情況，都} 要 {更具體的思考，並付諸行動} 才行。

02 表示建議、尋求建議

→ {きつい運動が続かない人は、食事制限でゆっくり痩せる} のがいい／{不能長期維持高強度運動的人，} 最好 {藉由飲食控制慢慢減重}。

→ {昼間に必ず眠ること} を勧める／{強烈} 建議 {中午一定要午休}。

03 表示因果關係

→ {食べものが} なくて {みんな困っている} ／因為缺乏 {糧食，眾人都苦不堪言}。

→ {晴れた日は気持ちがいい} ので {外のお席にしました} ／因為 {天氣晴朗舒適，決定在室外的桌子用餐}。

→ {彼は療養中なので、邪魔しない} ために {しばらくの間連絡するのはやめよう} ／為了 {不打擾正臥床養病的他，我們暫時別聯繫他吧}。

→ {今の仕事はおもしろくない} し、{転職したい} ／因為 {目前從事的工作枯燥乏味，所以很想轉職}。

→ {閉店} につき {50%オフです} ／由於 {關店出清}，{全店商品 5 折特賣}。

關鍵字記單字

▶關鍵字	▶▶▶單字	
食べる た 吃	□ 代わり か	再來一碗
	□ 御馳走 ご ち そう	飯菜，美味佳餚
	□ 食事 しょく じ	飯，餐，食物；吃飯，進餐
	□ 外食 がいしょく	在外吃飯
	□ 食べ放題 た ほうだい	吃到飽，隨便吃，想吃多少就吃多少
	□ 飲み放題 の ほうだい	喝到飽，盡管喝
	□ 夕飯 ゆうはん	晚飯，晚餐，傍晚吃的飯
	□ お摘み つま	小吃，簡單的酒菜
	□ 米 こめ	稻米，大米
	□ サンドイッチ 【sandwich】	三明治，夾心麵包
	□ サラダ【salad】	沙拉，涼拌菜
	□ 葡萄 ぶ どう	葡萄，紫紅色
	□ 天ぷら てん	天婦羅，裹粉油炸的蝦或魚等
	□ ステーキ【steak】	烤肉（排）料理，多指牛排
	□ 湯 ゆ	開水
	□ コーヒーカップ 【coffeecup】	咖啡杯
	□ 噛む か	咬
	□ 頂く・戴く いただ いただ	吃；喝；抽（菸）
	□ 味 あじ	味，味道
	□ ジャム【jam】	果醬
	□ 味噌 み そ	味噌，黃醬，大醬，豆醬
	□ ケーキ【cake】	蛋糕，洋點心，西洋糕點
	□ うまい	美味，可口，好吃，好喝，香
	□ 苦い にが	苦的，苦味的

つぎの (1) から (4) の文章を読んで、質問に答えてください。答えは、1・2・3・4から、いちばんいいものを一つえらんでください。

(1)

　きょう、日本語のクラスを決めるためのテストがありました。取った点数で、入るクラスが決まります。80点以上の人はクラスA、79点～60点はクラスB、59点～30点はクラスC、29点以下はクラスDです。わたしはもう1年も日本語を勉強しているので、クラスBに入りたかったのですが、3点足りなくて入ることができませんでした。2か月後のテストで、また頑張りたいと思います。

26　この人はきょうのテストで何点取りましたか。

1　77点

2　57点

3　27点

4　3点

(2)

　わたしの母は掃除が好きで、毎日どこかを掃除しています。でも、毎日、家中全部を掃除するのではなくて、月・水・金は玄関と台所、火・土はトイレ、木・日はおふろと庭、というように、何曜日にどこを掃除するか決まっています。わたしも時々手伝います。父は、家の掃除はあまり手伝ってくれませんが、月に2回ぐらい車を洗います。そのときは、わたしもいっしょに自分の自転車を洗います。

27 この人のお母さんがいちばんよく掃除するところはどこですか。

1　家中全部

2　玄関と台所

3　トイレ

4　車と自転車

(3)

これは、林さんから楊さんに届いたメールです。

楊さん

　あしたの夕方、黄さんといっしょに、カラオケに行きます。池袋の店に行こうと思っていますが、もしかしたら、新宿のほうにするかもしれません。

　カラオケの店では部屋を借ります。中では、飲んだり、食べたりもできます。前に行ったことがある黄さんの話では、外国の歌のカラオケもあるそうですよ。

　楊さんもいっしょに行きませんか。

　このメールを読んだら、返事をください。

林

---

28 あした、林さんが行くカラオケの店はどんな店ですか。

1 カラオケの店は池袋にしかありません。

2 外国の歌のカラオケもあるかもしれません。

3 部屋の中では歌うことしかできません。

4 外国の歌を歌うこともできます。

(4)

　もしもし、伊藤さんですか。田中です。あした、仕事のあと、会う約束でしたよね。わたしが伊藤さんを迎えに行こうと思ったんですが、伊藤さんの会社の場所がよくわかりません。すみませんが、駅前のデパートまで出て来てもらえますか。わたしはあしたは早く仕事が終わるので、先に買い物するつもりです。そのあとは、デパートの喫茶店で本でも読んで待っていますので、仕事が遅くなるようでしたら、6時ごろに一度お電話ください。よろしくお願いします。

29　田中さんはあした、伊藤さんとどこで会おうと思っていますか。

1　駅前のデパート
2　伊藤さんの会社
3　駅
4　田中さんの会社

つぎの(1)から(4)の文章を読んで、質問に答えてください。答えは、1・2・3・4から、いちばんいいものを一つえらんでください。

---

(1)

きょう、日本語のクラスを決めるためのテストがありました。取った点数で、入るクラスが決まります。80点以上の人はクラスA、**79点〜60点はクラスB**、59点〜30点はクラスC、29 ◁ 關鍵句

点以下はクラスDです。わたしはもう1年も日本語を勉強しているので、**クラスBに入りたかったのですが、3点足りなくて** ◁ 關鍵句

入ることができませんでした。 2か月後のテストで、また頑張りたいと思います。

└文法詳見 P48

26　この人はきょうのテストで何点取りましたか。

1　77点

2　57点

3　27点

4　3点

□ クラス【class】班級　　　□ 以下　以下
□ 決める　做決定　　　　　□ 足りる　足夠
□ 取る　考取；拿　　　　　□ 頑張る　加油；努力
□ 点数　分數
□ 決まる　決定
□ 〜点　…分
□ 以上　以上

請閱讀下列（1）～（4）的文章並回答問題。請從選項1・2・3・4當中選出一個最恰當的答案。

（1）

　　今天有一場為了決定日文分班而舉行的考試。依照分數，決定進入的班級。拿到 80 分以上的人是 A 班，79 ～ 60 分是 B 班，59 ～ 30 分是 C 班，29 分以下是 D 班。我已經唸了一年的日語，所以想進去 B 班，可是差 3 分，沒有辦法進去。兩個月後的考試，我想再接再厲。

---

26 請問這個人今天的考試拿了幾分呢？　　　　　　　　　　　Answer **2**

　1　77 分
　2　57 分
　3　27 分
　4　　3 分

解題攻略

　　這一題解題關鍵在「クラスBに入りたかったのですが、3点足りなくて入ることができませんでした」（我想進去 B 班，可是差 3 分，沒有辦法進去），從這句話可以得知這個人差 3 分就能進入 B 班，至於分到 B 班的條件是幾分？答案就在「79点〜60点はクラスB」（79〜60分是 B 班），也就是說，至少要拿到 60 分才可以進到 B 班，這個人差了 3 分，「60 − 3 ＝57」，所以這個人今天考了 57 分。正確答案是 2。

(2)

　わたしの母は掃除が好きで、毎日どこかを掃除しています。でも、毎日、家中全部を掃除するのではなくて、**月・水・金**〈關鍵句〉**は玄関と台所、火・土はトイレ、木・日はおふろと庭、**というように、何曜日にどこを掃除するか決まっています。わたしも時々手伝います。父は、家の掃除はあまり手伝って<u>てくれません</u>〈文法詳見 P48〉が、月に２回ぐらい車を洗います。そのときは、わたしもいっしょに自分の自転車を洗います。

27　この人のお母さんがいちばんよく掃除するところはどこですか。

1　家中全部

2　玄関と台所

3　トイレ

4　車と自転車

□ 掃除　打掃

□ 家中　家裡全部

□ 玄関　玄關

□ 台所　廚房

□ おふろ　浴室

□ 庭　庭院

□ 手伝う　幫忙

□ 自転車　腳踏車

(2)

　　我的媽媽很喜歡打掃，她每天都在打掃某個地方。不過，她不是天天都打掃整個家裡，她一、三、五打掃玄關和廚房，二、六是廁所，四、日是浴室和庭院，像這樣，固定禮拜幾就打掃哪裡。我有時也會幫忙。爸爸雖然不太幫忙打掃家裡，但他一個月大概會洗兩次車，這時候我也會一起清洗自己的腳踏車。

---

27 請問這個人的母親最常打掃的地方是哪裡？

Answer **2**

1 家裡全部

2 玄關和廚房

3 廁所

4 汽車和腳踏車

解題攻略

　　這一題題目問的是「この人のお母さん」（這個人的母親），所以只要注意針對「わたしの母」（我的媽媽）的敘述就好。此外，問題還特別限定是「いちばんよく掃除するところ」（最常打掃的地方），所以要統計出打掃頻率最高的地方。

　　文中寫道「…掃除する…、月・水・金は玄関と台所、火・土はトイレ、木・日はおふろと庭」（…打掃…，一、三、五是玄關和廚房，二、六是廁所，四、日是浴室和庭院），由此可知媽媽一個禮拜有 3 天打掃「玄関と台所」（玄關和廚房），兩天打掃「トイレ」（廁所），兩天打掃「おふろと庭」（浴室和庭院），所以正確答案是 2。

　　頻率副詞按照頻率高低排序：「よく（時常）＞時々（有時）＞たまに（偶爾）＞あまり（很少）＞全然（完全不）」，注意最後兩個都接否定。

(3)

これは、林さんから楊さんに届いたメールです。

楊さん

　あしたの夕方、黄さんといっしょに、カラオケに行きます。池袋の店に行こうと思っていますが、**もしかしたら、新宿のほうにするかもしれません。** ─── 關鍵句

└文法詳見 P49

　カラオケの店では部屋を借ります。**中では、飲んだり、食べたりもできます。** 前に行ったことがある黄さんの話では、**外国の歌のカラオケもあるそうですよ。** ─── 關鍵句

└文法詳見 P49

└文法詳見 P49

└── 關鍵句

　楊さんもいっしょに行きませんか。

　このメールを読んだら、返事をください。

└文法詳見 P50

リン
林

□ 池袋 池袋

□ もしかしたら 或許；該不會

□ 新宿 新宿

□ ほう 那裡；那一帶

□ かもしれない 也許；可能

□ 借りる 借〈入〉

□ 読む 看；讀

28 あした、林さんが行くカラオケの店はどんな店ですか。

1 カラオケの店は池袋にしかありません。

2 外国の歌のカラオケもあるかもしれません。

3 部屋の中では歌うことしかできません。

4 外国の歌を歌うこともできます。

(3)

這是一封林同學寫給楊同學的電子郵件。

楊同學

　明天傍晚，我要和黃同學一起去唱KTV。我打算去池袋店，不過或許會去新宿那邊也說不定。

　我們要在KTV租包廂，在裡面可以吃吃喝喝。黃同學有去過，他說那裡也有外國的歌曲。

　楊同學你要不要一起去呢？

　看到這封電子郵件，請回覆我。

林

> 原句是「池袋の店に行こうと思っていますが、もしかしたら、新宿のほうにするかもしれません」，由此可知池袋和新宿都有分店。

> 由此可知包廂內可以飲食。

> 選項2是陷阱，「かもしれない」（也許…）表示不確切的推測，不過黃同學有去過KTV，他說KTV裡面也有外國歌曲，所以用表示不確定的「かもしれない」（可能）就不對了。
> 由此可知也可以唱外國歌曲。

> 「どんな」（什麼樣）用來詢問性質、狀態、樣式，所以要掌握題目當中對KTV的敘述。這一題建議用刪去法作答。

[28] 請問明天林同學要去的KTV是什麼樣的店呢？　　　　Answer **4**

1　KTV只有池袋才有。

2　可能也有外國歌曲。

3　在包廂中只能唱歌。

4　也可以唱外國歌曲。

補充單字 傳達與通知

□ 返事 回答，回覆
□ 電報 電報
□ 届ける 送達；送交

□ 送る 寄送；送行
□ 知らせる 通知，讓對方知道
□ 伝える 傳達，轉告

□ 連絡 聯繫，聯絡
□ 尋ねる 打聽；詢問
□ 調べる 調查；檢查

(4)

　もしもし、伊藤さんですか。田中です。あした、仕事のあと、会う約束でしたよね。**わたしが伊藤さんを迎えに行こうと** ◁ 關鍵句

思ったんですが、伊藤さんの会社の場所がよくわかりません。

すみませんが、駅前のデパートまで出て来てもらえますか。わたしはあしたは早く仕事が終わるので、先に買い物するつもりです。└文法詳見 P50 そのあとは、デパートの喫茶店で本でも読んで待っていますので、仕事が遅くなるようでしたら、6時ごろに一度お電話ください。└文法詳見 P51 よろしくお願いします。

---

29 田中さんはあした、伊藤さんとどこで会おうと思っていますか。

1　駅前のデパート

2　伊藤さんの会社

3　駅

4　田中さんの会社

□ もしもし　〈電話裡的應答聲〉喂？

□ 約束　約會；約定

□ 迎える　〈迎〉接

□ 仕事　工作

□ 終わる　結束

□ 先に　先…

□ デパート【department store之略】百貨公司

---

(4)

　喂？請問是伊藤先生嗎？我是田中。我們約了明天下班後要見面對吧？我想去接伊藤先生您，不過，我不太清楚貴公司的位置。不好意思，可以請您到車站前的百貨公司嗎？我明天工作會提早結束，打算先去買東西，之後我想在百貨公司的咖啡廳看看書等您，所以如果您可能會晚下班的話，請先在 6 點左右給我一通電話。麻煩您了。

29 請問田中先生明天打算要在哪裡和伊藤先生碰面呢？

Answer 1

1 車站前的百貨公司
2 伊藤先生的公司
3 車站
4 田中先生的公司

解題攻略

　問的是「どこ」（哪裡），要特別留意場所位置。這一題出現了「伊藤さんの会社」（伊藤先生的公司）、「駅前のデパート」（車站前的百貨公司）、「デパートの喫茶店」（百貨公司的咖啡廳）等地點，要小心陷阱。

　關鍵在「わたしが伊藤さんを迎えに行こうと思ったんですが、伊藤さんの会社の場所がよくわかりません。すみませんが、駅前のデパートまで出て来てもらえますか」（我想去接伊藤先生您，不過，我不太清楚貴公司的位置。不好意思，可以請您到車站前的百貨公司嗎），暗示他要去「駅前のデパート」（車站前的百貨公司）等伊藤，正確答案是 1。

IIII もんだい 4　Reading

✐ **文法と萬用句型**

【名詞の；動詞辭書形】＋
ため（に）。表示為了某
一目的，而有後面積極努
力的動作、行為，前項是
後項的目標。

❶ ☐☐☐☐＋ため（に）

以…為目的，做…；為了…；因為…所以…

例句 私は、彼女のためなら何でもで
きます。

只要是為了她，我什麼都辦得到。

〔替換單字・短句〕
☐ 勝つ　勝利
☐ トップになる　成為第一

【名詞の；［動詞・形容詞］
普通形；形容動詞詞幹な】＋
ため（に）。表示由於前
項的原因，引起後項的結
果。

例句 体が痛いため、私は行きませ
ん。

因為身體疼痛，所以我不去了。

〔替換單字・短句〕
☐ 台風の　颱風來襲
☐ 面倒な　很麻煩

【數量詞】＋も。前面接數
量詞，用在強調數量很多、
程度很高的時候，或表示實
際的數量或次數並不明確，
但說話者感覺很多。

❷ ☐☐☐☐＋も　多達…

例句 私はもう30年も小学校の先生
をしています。

我已經擔任小學教師長達 30 年了。

【動詞て形】＋くれる。表示
他人為我，或為我方的人做
前項有益的事，用在帶著感
謝的心情接受別人的行為時。

❸ ☐☐☐☐＋てくれる　（為我）做…

例句 同僚がアドバイスをしてくれた。

同事給了我意見。

〔替換單字・短句〕
☐ 手伝って　幫助
☐ 仕事のやり方を教えて　教（我）工作
的作法

4 ☐ ＋（よ）うとおもう

我想…、我要…

例句 水泳を習おうと思っている。

我想學游泳。

【動詞意向形】＋（よ）う とおもう。表示説話人告訴 聽話人，説話當時自己的想 法、打算或意圖，動作實現 的可能性很高。

---

5 ☐ ＋にする　　決定…、叫…

例句 この黒いオーバーにします。

（我）要這件黑大衣。

〔替換單字・短句〕

☐ あの青いスニーカー　那雙藍色運動鞋
☐ リーダーは山中さん　（選）山中先生
　　為領袖
☐ 結婚はしないこと　（決定）不結婚

【名詞；副助詞】＋にする。常 用於購物或點餐時，決定 買某樣商品。或表示抉擇， 決定、選定某事物。

---

6 ☐ ＋たことがある　　曾…過

例句 僕はUFOを見たことがあるよ。

我有看過 UFO 喔。

〔替換單字・短句〕

☐ 日本に行った　去過日本
☐ 天ぷらを食べた　吃過天婦羅

【動詞過去式】＋たことが ある。表示經歷過某個特 別的事件，且事件的發生 離現在已有一段時間。或 指過去的一般經驗。

【[名詞・形容詞・形容動詞・動詞] た形 】＋ら。表示假定條件，當實現前面的情況時，後面的情況就會實現。

❼☐☐☐☐☐ **＋たら**

要是…;如果要是…了、…了的話

例句 一億円があったら、このマンションを買います。

要是有一億圓的話，我就買這間公寓房子。

〔替換單字・短句〕
☐ 結婚した　結婚
☐ もう少し安かった　再便宜一點

表示確定條件，知道前項一定會成立，以其為契機做後項。

例句 20歳になったら、お酒が飲める。

到了 20 歲的話，就能喝酒了。

〔替換單字・短句〕
☐ 祭の日だった　如果是節慶日
☐ 体が丈夫だった　身體健康

【動詞辭書形 】＋つもりだ。表示説話人的意志、預定、計畫等，也可以表示第三人稱的意志。有説話人的打算是從之前就有，且意志堅定的語氣。

❽☐☐☐☐☐ **＋つもりだ**　打算…、準備…

例句 会社を休むつもりです。

打算向公司請假。

〔替換單字・短句〕
☐ 勉強を続ける　繼續學習
☐ 仕事をやめる　辭職

9 ＋ようだ

像…一樣的、如…似的;好像…

> 【名詞の;形容動詞詞幹な;[形容詞・動詞]普通形】＋ようだ。用在説話人從各種情況,來推測人或事物是後項的情況,通常是説話人主觀、根據不足的推測。

例句 後藤さんは、お肉がお好きなようです。

後藤先生似乎喜歡吃肉。

〔替換單字・短句〕
- □ 先生の　是老師
- □ 優しい　很溫柔
- □ お金がある　很有錢

例句 彼に会えるなんて、まるで夢のようだ。

和他見面,簡直像夢一樣。

> 【名詞の;動詞辭書形;動詞た形】＋ようだ。把事物的狀態、形狀、性質及動作狀態,比喻成一個不同的其他事物。

〔替換單字・短句〕
- □ 嘘の　騙人的
- □ 夢を見ている　作夢
- □ 金メダルを取れた　得到金牌一樣(開心)

✏ 小知識大補帖

▶ 卡拉 OK 豆知識

「カラオケ」(卡拉 OK、KTV)原來是指無人樂隊,早先是日本的一種歌唱活動,後來演變成音樂伴奏,電視螢幕上同時播放有節拍提示的歌詞,是一種受歡迎的大眾娛樂活動。

日本的「カラオケ」其實跟台灣的差不多,但比台灣的低調。一般日本上班族、同學,甚至是教授和學生都會相約一起去唱歌。跟喝酒一樣,藉由「カラオケ」可以拉近人與人之間的距離。

常用的表達關鍵句

* {　} 內也可自行帶入其他詞彙喔！

01 表示經歷、經驗

→ {社外にメールを送} ることがある／有時 {會傳郵件給公司以外的機構}。

→ {育児で泣い} たことがある／曾經 {在育兒時崩潰大哭} 過。

→ {いろんな理由で連絡し} ないことがある／有時 {會因為各種原因而} 沒有 {聯繫}。

02 表示決心、打算

→ {彼らは世界を変え} ようとしています／{他們} 正想要 {改變這個世界}。

→ {夏休みに友達と国内旅行を} する予定です／{暑假} 預計要 {和朋友一起 去國內旅遊}。

→ {新しい恋を探} そうと思います／我想去 {尋找新的戀情}。

→ {スペイン語の入門講座を受け} ようと思います／我打算 {參加西班牙文的 入門課程}。

→ {夏休みの間に、一学期の復習をする} つもりです／我打算 {在暑假期間將 第一學期的課業複習過一輪}。

→ {彼はテストを受け} ないつもりです／{他} 不打算 {應考}。

→ {メールには必ず件名を入れる} ようにします／{電子郵件務必} 要 {輸入 主旨}。

→ {ゲームを長時間やって、なかなかやめ} ようとしません／{打了大半天 的電動，遲遲} 沒有要 {停下的跡象}。

→ {気持ちは折れ} ないようにします／{讓自己} 不要 {這麼容易感到心碎}。

03 表示委婉表現

→ {読書はとても大切だ} と思う／我認為 {讀書的重要性不可忽視}。

→ {日曜日は、車の事故が多い} ように思う／我覺得{星期日汽車事故特別多}。

關鍵字記單字

▶關鍵字　　　　▶▶▶單字

努める とつ 盡力	□ なるべく	盡量，盡可能
	□ 出来るだけ で き	盡量地；盡可能地
	□ 熱心 ねっしん	（對人或事物）熱心；熱誠；熱情
	□ 一生懸命 いっしょうけんめい	拼命地，努力，一心，專心
	□ 払う はら	傾注心思；表示（尊敬）；加以（注意）
	□ 頑張る がん ば	堅持，拼命努力；加油，鼓勁；不甘落後；不甘示弱

助ける たす 幫助	□ ヘルパー【helper】	幫手，助手
	□ 手伝い て つだ	幫忙，幫助
	□ 手伝う て つだ	幫忙，幫助
	□ 構う かま	照顧，照料；招待

決める き 斷定、約定、規定	□ きっと	一定
	□ 決して けっ	絕對（不），斷然（不）
	□ 必ず かなら	一定，必定，必然，註定，準
	□ 予定 よ てい	預定
	□ 約束 やくそく	約，約定，商定，約會
	□ 規則 き そく	規則，規章，章程
	□ 決まる き	決定勝負
	□ 決まる き	決定，規定
	□ 決める き	定，決定，規定；指定；選定；約定；商定

迎える むか 迎接、接待	□ ようこそ	歡迎，熱烈歡迎
	□ 歡迎会 かんげいかい	歡迎宴會，歡迎會
	□ 応接間 おうせつ ま	客廳，會客室；接待室
	□ 迎える むか	迎接；歡迎；接待

つぎの（1）から（4）の文章を読んで、質問に答えてください。答えは、1・2・3・4から、いちばんいいものを一つえらんでください。

（1）

　ホテルの部屋から電話をかける場合、ホテルがある京都市内とそれ以外とでは、料金が違います。京都市内にかける場合は、3分10円です。京都市以外のところにかける場合は、3分80円です。外国へかける場合は、1分200円かかります。部屋の電話を使った方は、チェックアウトのときに、フロントで電話代を払ってください。電話のかけ方など、わからないことがあったら、いつでもフロントに聞いてください。

26 ホテルの部屋から、大阪市にいる妹に3分、アメリカの友だちにも3分、電話をかけました。いくら電話代を払いますか。

　1　10円

　2　80円

　3　280円

　4　680円

(2)

　英語に「ジューンブライド」ということばがあります。「6月の花嫁」という意味で、西洋では、6月に結婚した女性は幸せになると言われています。しかし、6月に雨の多い日本では、6月の結婚はあまり多くなく、下から5番目だそうです。日本で結婚する人がいちばん多いのは3月で、次に11月、10月となっています。反対に少ないのは1月、8月、9月で、天気のいい春や秋に結婚する人が多く、寒い冬や暑い夏は少ないことがわかります。

27　日本で、結婚する人が3番目に多いのは何月ですか。

1　11月

2　10月

3　3月

4　1月、8月、9月

(3)

市民プールの入り口に、このお知らせがあります。

市民プールのご利用について

・プールの利用時間は午前 9 時から午後 5 時までです。

・毎週月曜日は休みです。

・料金は 1 回 2 時間までで400円です。

・11回ご利用できる回数券を4000円で買うことができます。

・先に準備運動をしてから入りましょう。

・先にシャワーを浴びてから入りましょう。

・お酒を飲んだあとや、体の具合がよくないときは、入ってはいけません。

---

28 このお知らせから、市民プールについてわかることは何ですか。

1 学校が休みの日は、市民プールは使えません。

2 12回利用したい場合、回数券を買うとお金は全部で 4,800円かかります。

3 400円で何時間でも泳ぐことができます。

4 酔っている人や病気の人は入ってはいけません。

(4)

　このお店では、100円の買い物をすると、ポイントが1点もらえます。ポイントを集めると、プレゼントをもらうことができます。5点集めるとコップ、10点ならお皿、20点ならお弁当箱を入れる袋、25点ならお弁当箱がもらえます。今、いちばん人気があるのはお弁当箱で、特に幼稚園や小学生の子どもはみんなこれをほしがります。

29 今、ポイントが18点あります。娘のためにお弁当箱をもらいたいと思います。あといくらの買い物をしないといけませんか。

1　100円

2　200円

3　500円

4　700円

つぎの(1)から(4)の文章を読んで、質問に答えてください。答えは、1・2・3・4から、いちばんいいものを一つえらんでください。

---

(1)

　ホテルの部屋から電話をかける場合、ホテルがある京都市内とそれ以外とでは、料金が違います。京都市内にかける場合は、3分10円です。**京都市以外のところにかける場合は、3分** ←[關鍵句]
80円です。外国へかける場合は、1分200円かかります。部屋の電話を使った方は、チェックアウトのときに、フロントで電話代を払ってください。電話のかけ方など、わからないことがあったら、いつでもフロントに聞いてください。
∟文法詳見 P66

26　ホテルの部屋から、大阪市にいる妹に3分、アメリカの友だちにも3分、電話をかけました。いくら電話代を払いますか。

1　10円　　　2　80円

3　280円　　4　680円

□ 電話をかける　打電話　　□ 電話代　電話費

□ ホテル【hotel】飯店　　□ 妹　妹妹

□ 京都　京都

□ 市内　市區

□ 以外　以外

□ 料金　費用

□ チェックアウト
　　【checkout】退房

□ フロント【front】櫃台

請閱讀下列（1）～（4）的文章並回答問題。請從選項1・2・3・4當中選出一個最恰當的答案。

（1）

　若從飯店的房間撥電話出去，撥給飯店所在的京都市區的費用和其他地方是不同的。撥到京都市區是3分鐘10圓。撥到京都市以外的地區，3分鐘80圓。國際電話一分鐘的花費是200圓。使用房間電話的貴賓請在退房時至櫃台繳交電話費。如果有不明白的地方，如電話撥打方式等，敬請隨時詢問櫃台。

---

26 從飯店分別打給住在大阪市的妹妹以及人在美國的朋友，各講了3分鐘的電話。請問電話費要付多少錢？

`Answer` **4**

1 10圓　　　**2** 80圓

3 280圓　　**4** 680圓

解題攻略

　這是一則說明電話費的短文。問題是在問「いくら」（多少），所以我們只要把焦點放在和金額相關的資訊就好。

　根據本文可以整理出以下的電話計費方式：京都市3分鐘10圓。京都市以外3分鐘80圓。國外一分鐘200圓。

　問題設了兩個條件：打到大阪市（＝京都市以外的地區）3分鐘，以及打到美國（＝國外）3分鐘，利用上面的資訊可以算出「80＋200×3＝680」，總共要付680圓，正確答案是4。

(2)

　英語に「ジューンブライド」ということばがあります。「6月の花嫁」という意味で、西洋では、6月に結婚した女性は幸せになると言われています。しかし、6月に雨の多い日本では、6月の結婚はあまり多くなく、下から5番目だそうです。**日本で結婚する人がいちばん多いのは3月で、次に11月、10月となっています。** 反対に少ないのは1月、8月、9月で、天気のいい春や秋に結婚する人が多く、寒い冬や暑い夏は少ないことがわかります。

> ← 關鍵句

（文法詳見 P66）

---

27 日本で、結婚する人が3番目に多いのは何月ですか。

1　11月

2　10月

3　3月

4　1月、8月、9月

□ 英語　英文

□ ジューンブライド【June bride】　6月新娘

□ ことば　語詞

□ 花嫁　新娘

□ 西洋　西洋

□ 幸せ　幸福

□ ～番目　第…個

□ 反対に　相對地

(2)

　英文裡面有個字叫「June bride」，意思是「6月新娘」，在西洋，傳說6月結婚的女性會獲得幸福。可是，在6月多雨的日本，選在6月結婚的人並不太多，聽說6月是舉辦婚禮月份排名中的倒數第5名。在日本最多人結婚的月份是3月，接著是11月、10月，反之，較少人結婚的是1月、8月、9月，由此可知選在天氣較好的春天、秋天結婚的人較多，在寒冬或炎夏結婚的人則為少數。

---

27 在日本，結婚人數第3多的月份是幾月？　　　　Answer **2**

1 11月

2 10月

3 3月

4 1月、8月、9月

解題攻略

　這一題問的是「日本で3番目に多い」（在日本結婚人數第3多），所以要留意日本方面排序的順序，特別是一些常見的排序說法，像是「いちばん～」（最…）、「上から～番目」（從上面數來第…個）、「下から～番目」（從下面數來第…個）、「次に」（其次）…等等。

　文章中提到「日本で結婚する人がいちばん多いのは3月で、次に11月、10月となっています」（在日本最多人結婚的月份是3月，接著是11月、10月），說明最多的是3月，第2多是11月，第3多是10月。所以正確答案是2。

(3)

市民プールの入り口に、このお知らせがあります。

市民プールのご利用について

・プールの利用時間は午前 9 時から午後 5 時までです。

・**毎週月曜日は休みです。**　　←　關鍵句

・**料金は 1 回 2 時間までで400円です。**　　←　關鍵句

・**11回ご利用できる回数券を4000円で買うことができます。**　　←　關鍵句
　　└文法詳見 P67

・先に準備運動をしてから入りましょう。

・先にシャワーを浴びてから入りましょう。

・**お酒を飲んだあとや、体の具合がよくないときは、入ってはいけません。**　　←　關鍵句
　　└文法詳見 P67

- □ ～回 …次
- □ 回数券　回數票
- □ 準備運動　暖身運動
- □ 休みの日　休假日
- □ 泳ぐ　游泳
- □ 酔う　酒醉
- □ 病気　生病

28　このお知らせから、市民プールについてわかることは何ですか。

1　学校が休みの日は、市民プールは使えません。

2　12回利用したい場合、回数券を買うとお金は全部で4,800円かかります。

3　400円で何時間でも泳ぐことができます。

4　酔っている人や病気の人は入ってはいけません。

（3）

市民游泳池的入口有這張公告。
市民游泳池的使用注意事項
・游泳池開放時間是上午 9 點到下午 5 點。
・每週一公休。
・費用是一次兩小時，400 圓。
・可以購買回數票，11 次 4000 圓。
・請先做好暖身運動再下水。
・請先沖澡再下水。
・飲酒後或身體不適時，請勿下水。

這一題必須用刪去法作答。

選項 1，「學校放假」指的是星期六、日，可是游泳池沒營業的時間是每週一。

選項 3，時間限制是兩小時。

選項 2，花 4000 圓買回數票可以游 11 次，如果想游 12 次就是買一本回數票再單買一張門票（400 圓），4000＋400＝4400（圓）。

選項 4，「酔っている」＝「お酒を飲んだ」，「病気」＝「体の具合がよくない」，因此正確答案是 4 。

28 根據這張公告，請問可以知道有關市民游泳池的什麼事呢？

Answer 4

1 學校放假時，不能使用市民游泳池。
2 如果想游 12 次，買回數票一共要付 4800 圓。
3 花 400 圓可以不限時間的暢游。
4 酒醉或生病的人不能下水。

補充單字 理解

□ ～について 關於
□ なるほど 的確；原來如此
□ 経験（けいけん） 經驗，經歷
□ 説明（せつめい） 説明
□ 承知（しょうち） 知道；接受
□ 受ける（うける） 接受；受到
□ 構う（かまう） 在意，理會
□ 嘘（うそ） 謊話；不正確

(4)

　このお店では、**100円の買い物をすると、ポイントが1点も** ←關鍵句
　└文法詳見P67
らえます。 ポイントを集めると、プレゼントをもらうことがで
きます。5点集めるとコップ、10点ならお皿、20点ならお弁当
箱を入れる袋、**25点ならお弁当箱がもらえます。** 今、いちばん ←關鍵句
人気があるのはお弁当箱で、特に幼稚園や小学生の子どもはみ
んなこれをほしがります。
└文法詳見P67

---

29 今、ポイントが18点あります。娘のため
└文法詳見P68
にお弁当箱をもらいたいと思います。あ
といくらの買い物をしないといけません
か。

1　100円

2　200円

3　500円

4　700円

□ ポイント【point】點數 　　　　□ 娘　女兒

□ もらう　得到

□ 集める　收集

□ プレゼント【present】
　禮物

□ 弁当箱　便當盒

□ 幼稚園　幼稚園

□ 小学生　小學生

□ ほしがる　想要

(4)

　本店消費 100 圓可以得到 1 點。收集點數可以兌換贈品。5 點可以換杯子，10 點可以換盤子，20 點可以換便當袋，25 點可以換便當盒。現在最受歡迎的是便當盒，特別是幼稚園和國小的孩童，大家都很想要這個。

---

29 我到目前為止收集了18點。我想換便當盒給我的女兒，請問還要消費多少錢才行呢？

Answer **4**

1 100 圓

2 200 圓

3 500 圓

4 700 圓

解題攻略

　這是一篇介紹消費集點、兌換贈品的短文。這一題問題設了點數條件並詢問還差多少錢才能集滿點數，所以要同時留意點數和金額的資訊。

　先來看看集點規則，從第 1 行的「100円の買い物をすると、ポイントが1点もらえます」（本店消費100圓可以得到 1 點）可以得知消費滿100圓可以獲得 1 點。

　接下來是點數與贈品的部分。現在有18點，想換便當盒，兌換便當盒需要25點，「25－18＝ 7 」，所以還差 7 點。每100圓才能換得 1 點，「 7 × 100＝700」，所以還要再買700圓的東西才能集到25點換便當盒。正確答案是 4 。

文法と萬用句型

【[名詞・形容詞・形容動詞・動詞] た形 】＋ら。 表示假定條件，當實現前面的情況時後面的情況就會實現。

❶ ＋たら

要是…；如果要是…了、…了的話

例句 いい天気だったら、富士山が見えます。

要是天氣好，就可以看到富士山。

表示確定條件，知道前項一定會成立，以其為契機做後項。

例句 宿題が終わったら、遊びに行ってもいいですよ。

等到功課寫完了，就可以去玩了喔。

- -

【名詞；普通形】＋という。 前面接名詞，表示後項的人名、地名等名稱。

❷ ＋という 叫做…

例句 今朝、光という人から電話がかかって来ました。

今天早上，有個叫光的人打了電話來。

〔替換單字・短句〕

□ **朝日・会社** 朝日 ・ 公司

用於針對傳聞、評價、報導、事件等內容加以描述或說明。

例句 強い地震が起きたというニュースを見た。

看到發生了大地震的新聞。

〔替換單字・短句〕

□ **関東地方は梅雨入り** 關東地區進入梅雨季

□ **ロボットが自殺した** 機器人自殺了

3 ⬚ ＋ことができる　能…、會…

例句 屋上でテニスをやることができます。

在屋頂上可以打網球。

〔替換單字・短句〕
□ バーベキューをする　烤肉
□ 洗濯物を干す　晾衣服

【動詞辭書形】＋ことができる。表示在外部的狀況、規定等客觀條件允許時可能做。或表示技術上、身體的能力上，是有能力做的。這種說法比「可能形」還要書面語一些。

---

4 ⬚ ＋てはいけない

不准…、不許…、不要…

例句 人の失敗を笑ってはいけない。

不可以嘲笑別人的失敗。

〔替換單字・短句〕
□ 弱いものを苛めて　欺負弱小
□ 庭を壊して　破壞庭院
□ ここに駐車して　在此停車

【動詞て形】＋はいけない。表示禁止，基於某種理由直接表示不能做前項事情。一般限於用在上司對部下、長輩對晚輩。也用在交通標誌、禁止標誌等。

---

5 ⬚ ＋と　一…就

例句 このボタンを押すと、切符が出てきます。

一按這個按鈕，票就出來了。

【名詞・形容詞・形容動詞・動詞】普通形（只能用在現在形及否定形）】＋と。表示陳述人和事物的一般條件關係，常用在機械的使用方法、自然的現象等情況。

---

6 ⬚ ＋がる

覺得…、想要…

例句 妻がきれいなドレスをほしがっています。

妻子很想要一件漂亮的洋裝。

【形容詞・形容動詞】詞幹】＋がる。表示某人說了什麼話或做了什麼動作，而給說話人留下這種想法，「がる」的主體一般是第三人稱。

【名詞の；動詞辭書形】＋
ため（に）。表示為了某一
目的，而有後面積極努力的
動作、行為，前項是後項的
目標。

【名詞の；［動詞・形容詞］
普通形；形容動詞詞幹な】＋
ため（に）。表示由於前項
的原因，引起後項的結果。

❼ ＿＿＿＋ため（に）

以…為目的，做…；為了…；因為…所以…

例句 世界を知るために、たくさん
旅行をした。

為了了解世界，到各地去旅行。

例句 指が痛いため、ピアノが弾け
ない。

因為手指疼痛而無法彈琴。

✏ 小知識大補帖

▶ 寂寞商機

　　根據 2010 年日本官方統計，將近 6 成的適婚年齡女性都是未婚，有人認為
這是由於「社会進出」（外出工作），也有人說這是因為「収入格差」（貧富差距）
的擴大，更有人覺得這和抱持「独身主義」（單身主義）的人增加有關。

　　為了解決想結婚而苦無對象的窘境，近年來「婚活」越來越盛行了！「婚
活」是「結婚活動」的簡稱，也就是相親聯誼活動，基本上分成兩種。一種是
「婚活サイト」（婚活網站），由每位「会員」（會員）放上自己的「写真」（照
片）和「プロフィール」（資料），再自行和有好感的對象聯繫。另一種是參加
業者舉辦的「婚活パーティー」（婚活宴會），也就是大型的「合コン」（聯誼）。

　　不管是因為沒有新的「出会い」（邂逅），還是「理想が高い」（太挑）而
找不到好對象，有了婚活，終於不用再期待轉角遇到愛了！

▶ **集點風潮**

　　許多商店會定期推出「ポイント収集活動」（集點活動），只要購物到一定
的金額就能獲得點數，收集到的點數可以兌換獎品，有時候這些獎品甚至能
「ブームを起こす」（帶動流行）。

　　沉迷於某項事物時，可以用句型「～にはまる」（沉迷於…）來表示，這是
「～に夢中になる」的通俗用法，意思是熱衷到無法自拔。例如沉迷於集點活動，
則可以説「最近ポイント収集にはまっている」（我最近沉迷於集點活動）。

常用的表達關鍵句

* {　} 內也可自行帶入其他詞彙喔！

01 表示期望

→ {より使いやすくて軽いノートパソコンをほし} がっています／{他} 很想 {要一台更輕便、好操作的筆電}。

→ {市民に安心して新しい年を迎え} てほしい／希望 {市民們在春節期間都能安心過好年}。

→ {兄弟仲良く} なってほしい／希望 {跟兄弟姐妹的感情能更加和睦}。

→ {小鳥も、あなたの肩にとまり} たがっている／{就連鳥兒也} 想 {在你的肩上停留}。

→ {贈り物で皆さんにハッピーになっ} てもらいたい／希望 {這份禮物能讓大家開心}。

02 表示提示結論

→ {AとBの違い} が分かる／可以明白 {A和B的差異}。

03 表示提出疑問

→ {この記号} は何だろう／{這個記號} 究竟是什麼呢？

→ {自分がやるべき} ことは何か／什麼是 {自己該做的} 事呢？

→ なぜ {これ} は {売れるん} だろう／為什麼 {這樣商品} 會 {發燒熱賣} 呢？

→ {何が問題} だと言っているか／{作者} 提到的 {問題是什麼} 呢？

→ {授業で} どんな {ことを} しているか／{在課堂上都} 做哪些 {學習} 呢？

→ {今年の冬} はどんな {冬} だろう／{今年冬天} 會是怎樣的 {冬天} 呢？

→ {税金} はどのように {決められる} だろう／{税金} 是如何 {被制定出來的} 呢？

→ {いくつかの意見} とあるが、例えばどんな {意見} か／{你說} 有 {一些意見}，舉例來說是什麼樣的 {意見} 呢？

→ {代名詞} は何を指しているか／{代名詞} 指的是什麼呢？

關鍵字記單字

▶ 關鍵　　　　▶▶▶ 單字

時 _{とき} 時間、時候	□ 暫く _{しばら}	暫時，暫且，一會兒，片刻；不久
	□ 時 _{とき}	（某個）時候
	□ 此の頃 _{こ ごろ}	近來，這些天來，近期；現在
	□ この間 _{あいだ}	最近；前幾天，前些時候
	□ 今夜 _{こん や}	今夜，今晚，今天晚上
	□ 昔 _{むかし}	從前，很早以前，古時候，往昔，昔日，過去
	□ 時代 _{じ だい}	古色古香，古老風味；顯得古老
	□ 昼間 _{ひる ま}	白天，白日，晝間
	□ 場合 _{ば あい}	場合；時候；情況

払う _{はら} 支付	□ 公共料金 _{こうきょうりょうきん}	公共費，包括電費、煤氣費、水費、電話費等
	□ 値段 _{ね だん}	價格，價錢
	□ レジ【register 之略】	現金出納員，收款員；現金出納機
	□ キャッシュカード【cashcard】	現金卡
	□ クレジットカード【creditcard】	信用卡
	□ 払う _{はら}	支付
	□ 出す _だ	出資；供給；花費

生む _う 生產、孕育	□ 女性 _{じょせい}	女性，婦女
	□ 男性 _{だんせい}	男性，男子
	□ 子 _こ	子女
	□ 親 _{おや}	雙親；父母，父親，母親
	□ 赤ちゃん _{あか}	小寶寶，小寶貝，小娃娃，嬰兒
	□ 赤ん坊 _{あか ぼう}	嬰兒，乳兒，小寶寶，小寶貝，小娃娃

もんだい4　Reading

つぎの（1）から（4）の文章を読んで、質問に答えてください。答えは、1・2・3・4から、いちばんいいものを一つえらんでください。

（1）

陳さんの家の玄関に、郵便局からのメモが貼ってありました。

陳　永輝　様

　きょう、小包をお届けに来ましたが、家にだれもいらっしゃいませんでしたので、局に持ち帰りました。

　あしたの夕方、もう一度お届けします。

　もし、あしたも、家にいらっしゃらない場合は、局で預かることになりますので、お電話ください。

9月12日　さくら郵便局　　電話　03-1234-3456

26　陳さんはあしたも朝から出かけます。きょう、何をしたほうがいいですか。

1　家に早く帰ります。

2　家に電話します。

3　郵便局に行きます。

4　郵便局に電話します。

(2)

レストランの入り口に、このお知らせがあります。

レストラン・ケラケラ

★ イタリア料理のレストランです。おいしいピザやスパ

　ゲッティをどうぞ。

★ 昼は午前11時から午後２時まで、夜は午後６時から午後

　９時までです。（土・日は午後11時まで）

★ お酒は夜だけあります。

★ 駐車場はありません。電車やバスをご利用ください。

27　このレストランについて、正しい文はどれですか。

1　このレストランではおすしも食べられます。

2　午後はずっと店に入れません。

3　お昼にお酒を飲むことはできません。

4　自分の車で行ってもいいです。

(3)

　これは最近よく売れているコーヒーです。ミルクと砂糖が入っているので、お湯を入れればすぐに飲めます。あまり甘くなくて、わたしにはちょうどいいのですが、甘いコーヒーが好きな人は、砂糖をスプーン1杯ぐらい入れるといいかもしれません。コンビニでも買うことができますので、コーヒーが好きな人は一度飲んでみてください。

[28]　このコーヒーは、どうすれば飲むことができますか。

1　ミルクと砂糖を入れるだけで飲めます。

2　お湯を入れるだけで飲めます。

3　砂糖をスプーン1杯入れるだけで飲めます。

4　何も入れなくても飲めます。

(4)

　木下さんは、さくら町にある〇〇銀行で働いています。でも、営業が仕事なので、あまり銀行の中にはいません。いつも朝から自転車で、さくら町の工場やお店をひとつひとつ訪ねて、そこの人たちから、お金についての相談を受けます。そして、夕方ごろ、銀行に戻ります。

29　木下さんの仕事について、正しい文はどれですか。
　1　銀行の中で、工場や店の人と相談します。
　2　いつも車で工場や店を見に行きます。
　3　よくお金についての試験を受けます。
　4　朝から夕方までさくら町のあちらこちらに行きます。

つぎの(1)から(4)の文章を読んで、質問に答えてください。答えは、1・2・3・4から、いちばんいいものを一つえらんでください。

(1)

陳さんの家の玄関に、郵便局からのメモが貼ってありました。

> 陳　永輝　様
> 　きょう、小包をお届けに来ましたが、家にだれもいらっしゃいませんでしたので、局に持ち帰りました。
> 　あしたの夕方、もう一度お届けします。
> **もし、あしたも、家にいらっしゃらない場合は、局で預かることになりますので、お電話ください。**
> └文法詳見 P84　　　　　　　└文法詳見 P84
> 9月12日　さくら郵便局　　電話　03-1234-3456

→ 關鍵句

---

26 陳さんはあしたも朝から出かけます。きょう、何をしたほうがいいですか。

1　家に早く帰ります。
2　家に電話します。
3　郵便局に行きます。
4　郵便局に電話します。

□ メモ【memo】通知單；備忘録
□ 貼る　張貼
□ 様　表對他人的敬意，可譯作「…先生」、「…女士」
□ 小包　包裹
□ お届けする　送達
□ 持ち帰る　帶回去
□ 夕方　傍晚
□ 預かる　保管

請閱讀下列（1）～（4）的文章並回答問題。請從選項1・2・3・4當中選出一個最恰當的答案。

（1）

　　陳先生家的玄關貼了張郵局的通知單。

> 陳 永輝 先生
> 　　今天前來投遞您的包裹，不過由於無人在家，所以先拿回局裡。
> 　　明天傍晚會再投遞一次。
> 　　如果明天也不在家，我們將會把包裹寄放在局裡，請來電洽詢。
>
> 　　9月12日 櫻花郵局 電話 03-1234-3456

26 陳先生明天也是一大早就外出，請問今天他應該要做什麼才好呢？

Answer **4**

1 早點回家。　　2 打電話給家裡。

3 去郵局。　　　4 打電話給郵局。

解題攻略

　　這是一張郵局通知單。既然是問要採取什麼樣的行動，可見題目裡面應該有指示，要特別注意「～ください」這種表示請求的句型。

　　問題關鍵在「陳さんはあしたも朝から出かけます」（陳先生明天也是一大早就外出），指出陳先生明天也不能在家等包裹。文中提到「もし、あしたも、家にいらっしゃらない場合」（如果明天也不在家），後面的「局で預かることになりますので、お電話ください」（將會把包裹寄放在局裡，請來電洽詢）就是答案了，特別是「お電話ください」（請來電洽詢）這句指示。正確答案是4。

(2)

レストランの入り口に、このお知らせがあります。

レストラン・ケラケラ

★ イタリア料理のレストランです。おいしいピザやスパ
ゲッティをどうぞ。

★ 昼は午前11時から午後2時まで、夜は午後6時から午後
9時までです。（土・日は午後11時まで）

★ **お酒は夜だけあります。** ← 關鍵句

★ 駐車場はありません。電車やバスをご利用ください。

---

27 このレストランについて、正しい文はど
れですか。

1 このレストランではおすしも食べられます。
　　　　　　　　　　　　　　　　└文法詳見 P84
2 午後はずっと店に入れません。
3 お昼にお酒を飲むことはできません。
4 自分の車で行ってもいいです。
　　　　　　　　　　　　└文法詳見 P85

□ 入り口 入口

□ お知らせ 公告

□ ピザ【pizza】披薩

□ スパゲッティ【（義）
spaghetti】義大利麵

□ どうぞ 請享用

□ 駐車場 停車場

□ 電車 電車

□ おすし 寿司

□ ずっと 長時間；
一直

(2)

餐廳入口有一張公告。

哈 哈 餐 廳

★ 本店是義式料理餐廳。請享用美味的披薩或義大利麵。

★ 上午從11點營業至下午２點，晚上從６點營業到９點。
（六、日營業至晚上11點）

★ 酒類只在晚上提供。

★ 無附設停車場。敬請搭乘電車或公車。

---

27 針對這間餐廳，請問下列敘述何者正確？　　　　Answer **3**

1 這間餐廳可以吃得到壽司。

2 下午無法進入餐廳。

3 白天不能喝酒。

4 可以開自己的車前往。

解題攻略

　　這是有關餐廳的説明。遇到「正しい文はどれですか」（下列敘述何者正確）這種題型，一定要先把文章看熟，再用刪去法作答。

　　選項１是錯的，從第１點「イタリア料理のレストランです」（本店是義式料理餐廳）可以得知這家餐廳提供的是義式料理，「おすし」（壽司）是日本料理，在這裡吃不到。

　　從第２點可知餐廳的營業時間是「11：00～14：00」、「18：00～21：00」（週末到23：00），下午時段並非完全不能進去，所以選項２也是錯的。

　　第３點提到「お酒は夜だけあります」（酒類只在晚上提供），所以白天沒有供酒，選項３是正確的。

　　最後一點提到「駐車場はありません」（無附設停車場）、「電車やバスをご利用ください」（敬請搭乘電車或公車），所以選項４也錯誤。

(3)

　これは最近よく売れているコーヒーです。**ミルクと砂糖が入っ**
ているので、お湯を入れればすぐに飲めます。 あまり甘くなく
　　　　└文法詳見 P85
て、わたしにはちょうどいいのですが、甘いコーヒーが好き
な人は、砂糖をスプーン 1 杯ぐらい入れるといいかもしれませ
ん。コンビニでも買うことができますので、コーヒーが好きな
　　　　　　　　　└文法詳見 P85
人は一度飲んでみてください。
　　　　└文法詳見 P85

關鍵句

□ よく売れる　熱賣

□ ミルク【milk】奶精；牛
　奶

□ 砂糖　糖

□ お湯　熱水

□ すぐに　馬上

□ ちょうど　剛剛好

□ スプーン【spoon】茶
　匙；湯匙

□ コンビニ【convenience
　store之略】便利商店

28 このコーヒーは、どうすれば飲むことが
　　できますか。

1　ミルクと砂糖を入れるだけで飲めます。

2　お湯を入れるだけで飲めます。

3　砂糖をスプーン 1 杯入れるだけで飲め
　　ます。

4　何も入れなくても飲めます。
　　　　　　└文法詳見 P86

（3）

　　這是最近很暢銷的咖啡。裡面已經含有奶精和砂糖，所以只要加入熱水，馬上就能飲用。喝起來不會太甜，很適合我的口味，不過喜歡甜一點的人，或許可以加一茶匙左右的砂糖。這款咖啡在超商也能買到，喜歡咖啡的人請買來喝喝看。

> 「売れている」意思是「（目前）熱賣」。

> 原文是「ミルクと砂糖が入っているので、お湯を入れればすぐに飲めます」，由此可知咖啡只要用熱水沖泡，馬上就能喝。「〜が入っている」（內含…）是從自動詞「入る」（含有）變來的，他動詞「〜を入れる」（放入）才是「放入」的意思，可別被騙了。此外，其他選項都沒有提到熱水，所以都是錯的。

> 這是一篇介紹某品牌咖啡喝法的短文。「どうすれば」（如何）用來詢問方法，也可以說「どのようにすれば」（如何）。

> 「わたしには」的「に」表示「對…來説…」。

28 請問這款咖啡要怎樣才能飲用呢？　　Answer 2

1　只放奶精和砂糖就能飲用。

2　只放熱開水就能飲用。

3　只放一茶匙的砂糖就能飲用。

4　什麼都不放就能飲用。

補充單字 過去、現在、未來

□ 最近（さいきん）　最近
□ 最後（さいご）　最後
□ 最初（さいしょ）　最初，首先
□ さっき　剛剛，剛才
□ 夕べ（ゆう）　昨晚
□ 今夜（こんや）　今晚

□ ただいま　現在；馬上；我回來了
□ 昔（むかし）　以前
□ 将来（しょうらい）　將來
□ この間（あいだ）　最近；前幾天

(4)

　木下さんは、さくら町にある○○銀行で働いています。でも、営業が仕事なので、あまり銀行の中にはいません。**いつも** ← 關鍵句

朝から自転車で、さくら町の工場やお店をひとつひとつ訪ねて、そこの人たちから、お金についての相談を受けます。そして、夕方ごろ、銀行に戻ります。

---

29 木下さんの仕事について、正しい文はどれですか。 └文法詳見 P86

1　銀行の中で、工場や店の人と相談します。

2　いつも車で工場や店を見に行きます。

3　よくお金についての試験を受けます。

4　朝から夕方までさくら町のあちらこちらに行きます。

□ 銀行　銀行
□ 働く　工作
□ 営業　業務
□ 工場　工廠
□ ひとつひとつ　一一地
□ 訪ねる　拜訪
□ 受ける　接受
□ 戻る　回到
□ 試験　考試

(4)

　　木下先生在櫻花鎮的○○銀行工作。不過由於他是業務，所以經常不在銀行裡。他總是一大早就騎著腳踏車，一一拜訪櫻花鎮的工廠或店家，替那裡的人們進行有關金融的諮詢。到了傍晚左右他便回到銀行。

---

29 關於木下先生的工作，請問下列敘述何者正確？

Answer **4**

1　他在銀行裡面和工廠、店家的人商量事情。
2　他總是開車去工廠或店家拜訪客戶。
3　他常常報考金融方面的考試。
4　他從早到傍晚都到櫻花鎮的各個地方。

解題攻略

　　這是一則說明木下先生工作內容的短文。這一題建議用刪去法作答。

　　文中提到「自転車で、…工場やお店をひとつひとつ訪ねて、…相談を受けます」（騎著腳踏車…一一拜訪櫻花鎮的工廠或店家…進行諮詢），可見木下先生進行諮詢的地點應該是工廠或店家，不是在銀行裡面，所以選項1是錯的。從這個部分也可以知道木下先生都是騎腳踏車去拜訪客戶，不是開車，所以選項2也錯誤。

　　選項3錯誤，因為文章裡面完全沒有提到「お金についての試験」（金融方面的考試）。

　　文中提到「いつも朝から自転車で、さくら町の工場やお店をひとつひとつ訪ねて」（總是一大早就騎著腳踏車，一一拜訪櫻花鎮的工廠或店家），又「そして、夕方ごろ、銀行に戻ります」（到了傍晚左右他便回到銀行），由此可知正確答案是4。

📝 文法と萬用句型

お＋【動詞ます形】＋する；ご＋【サ變動詞詞幹】＋する。對要表示尊敬的人，透過降低自己或自己這一邊的人，以提高對方地位，來向對方表示尊敬。

❶お＋　　　　＋する、　表示動詞的謙讓形式
ご＋　　　　＋する

例句 お手洗いをお借りしてもいいですか。

可以借用一下洗手間嗎？

【動詞辭書形；動詞否定形】＋ことになる。表示決定。指説話人以外的人、團體或組織等，客觀地做出了某些安排或決定。

❷　　　　＋ことになる

（被）決定…；也就是説…

例句 来月新竹に出張することになった。

下個月要去新竹出差。

お＋【動詞ます形】＋ください；ご＋【サ變動詞詞幹】＋ください。用在對客人、屬下對上司的請求，表示敬意而抬高對方行為的表現方式。

❸お＋　　　　＋ください、　請…
ご＋　　　　＋ください

例句 山田様、お入りください。

山田先生，請進。

〔替換單字・短句〕
□ 待ち（稍）等　　□ 座り 坐

【[一段動詞・カ變動詞]可能形】＋られる；【五段動詞可能形；サ變動詞可能形さ】＋れる。從周圍的客觀環境條件來看，有可能做某事，或是表示技術上、身體的能力上，是具有某種能力的。

❹　　　　＋(ら)れる（可能）　會…；能…

例句 このフェリーは、誰でも無料で乗れます。

無論是誰都可以免費搭乘這艘渡輪。

例句 私はタンゴが踊れます。

我會跳探戈。

〔替換單字・短句〕
□ 箸が使えます 使用筷子
□ 一人で着物が着られる 自己穿和服

5 ＿＿＿＋てもいい　…也行、可以…

> 【動詞て形】＋もいい。表示許可或允許某一行為。

例句　窓を開けてもいいですか。

可以打開窗戶嗎？

〔替換單字・短句〕
□ 家に帰って　回家
□ 辞書を見て　看辭典
□ お手洗いに行って　去洗手間

---

6 ＿＿＿＋ば

如果…的話、假如…、如果…就…

例句　時間が合えば、会いたいです。

如果時間允許，希望能見一面。

> 【[形容詞・動詞]假定形；[名詞・形容動詞]假定形】＋ば。敘述一般客觀事物的條件關係。如果前項成立，後項就一定會成立。或表示後項受到某種條件的限制。

---

7 ＿＿＿＋ことができる　能…、會…

例句　ここから、富士山をご覧になることができます。

從這裡可以看到富士山。

> 【動詞辭書形】＋ことができる。表示在外部的狀況、規定等客觀條件允許時可能做。或表示技術上、身體的能力上，是有能力做的。這種說法比「可能形」還要書面語一些。

---

8 ＿＿＿＋てみる　試著(做)…

例句　このおでんを食べてみてください。

請嚐看看這個關東煮。

> 【動詞て形】＋みる。「みる」是由「見る」延伸而來的抽象用法，常用平假名書寫。表示嘗試著做前接的事項，是一種試探性的行為或動作，一般是肯定的說法。

【形容詞く形】＋ても；【動詞て形】＋も；【名詞；形容動詞詞幹】＋でも。表示後項的成立，不受前項的約束，是一種假定逆接表現。

9 　　　　＋ても、でも　即使…也

例句 雨が降っても、必ず行く。

即使下雨也一定要去。

〔替換單字・短句〕
□ **時間がなくて**　沒時間
□ **どんなに大変で**　（不管）有多辛苦

【名詞】＋について（は）。表示前項先提出一個話題，後項就針對這個話題進行説明。

10 　　　　＋について（は）

有關…、就…、關於…

例句 私は、日本酒については詳しいです。

我對日本酒知道得很詳盡。

〔替換單字・短句〕
□ **中国の文学**　中國文學
□ **台湾の文化**　台灣的文化
□ **韓国の歴史**　韓國的歷史

🕮 **小知識大補帖**

▶ **尊敬語和謙讓語**

　　日本人是非常重視禮節的民族，話人人都會説，但要説得得體卻是一大學問。以下是生活中很常見的尊敬語和謙讓語，不妨一起記下來哦！

原形（中譯）	尊敬語	謙讓語
言う（說）	おっしゃる	申しあげる
見る（看）	ご覧になる	拝見する
行く（去）	いらっしゃる	まいる
食べる（吃）	召し上がる	いただく
いる（在）	いらっしゃる	おる
する（做）	なさる	いたす

▶關於咖啡

你愛喝咖啡嗎？大家都知道咖啡的日語是「コーヒー」，然而一走進日本的咖啡廳，「メニュー」（菜單）上卻找不到這個字，那是因為「コーヒー」只是"咖啡"統稱。在咖啡廳裡，咖啡被細分為「アメリカーノ」（美式咖啡）、「カフェラテ」（拿鐵）、「カプチーノ」（卡布奇諾）、「カフェオレ」（咖啡歐蕾）、「カフェモカ」（摩卡）等等。

常用的表達關鍵句

＊{ } 內也可自行帶入其他詞彙喔！

01 表示決定

→ {お洗濯は午後から} にします／決定 {下午再洗衣服}。

→ {なるべく余計なことをし} ないことにした／決定不 {多管閒事}。

→ {本日をもってアルバイトを辞める} になりました／已 {從今天起辭掉打工的工作} 了。

→ {来年、お花見に日本へ行く} ことにしました／決定 {明年將前往日本賞櫻}。

→ {海外で仕事をする} ことになりました／確定將要 {遠赴海外任職}。

→ {熱があるので、今回は大会に参加でき} ないことになりました／{因為發燒，} 沒辦法 {參加這次的大會了}。

02 表示要求做出判斷

→ {いつか友達を家に招待し} てもいいですか／{將來有一天} 可以 {在家裡招待朋友} 嗎？

→ {下流老人 600 万人} は本当だろうか／{貧困年長者的人數多達 600 萬人} 是真的嗎？

→ {行く意味は} 本当に {あるの} だろうか／{前去走一趟} 真的 {有意義} 嗎？

→ {この考え方は} は正しいだろうか／{這個想法} 是否正確呢？

03 表示狀態

→ {部屋にピアノが置い} てあります／{房間靜置} 著 {一架鋼琴}。

→ {遠くの寺の鐘が鳴っ} ています／{遠處，寺院裡的鐘聲正鳴響} 著。

→ {ラップを聴くと思わず体が動い} てしまいます／{只要聽到 Rap，身體就不自覺地舞動} 了起來。

關鍵字記單字

▶關鍵字	▶▶▶單字	
話す はな 談話	□ 何故 _{な ぜ}	為何，何故，為什麼
	□ 会話 _{かい わ}	會話，談話，對話
	□ 携帯電話 _{けいたいでん わ}	手機，可攜式電話
	□ 会議 _{かい ぎ}	會議，會
	□ 相談 _{そうだん}	提出意見，建議；提議
	□ 煩い _{うるさ}	話多，愛嘮叨
	□ 相談 _{そうだん}	商量；協商，協議，磋商；商談；商定，一致的意見
	□ 伝える _{つた}	傳達，轉告，轉達；告訴，告知
	□ 尋ねる _{たず}	問；詢問；打聽
	□ 伺う _{うかが}	請教，詢問，打聽
	□ 騒ぐ _{さわ}	吵，吵鬧；吵嚷
知らせる し 通知、報告	□ 案内 _{あんない}	通知，通告
	□ 電報 _{でんぽう}	電報，利用電信設施收發的通信，亦指其通信電文
	□ 連絡 _{れんらく}	通知，通報
	□ 連絡 _{れんらく}	聯絡，聯繫，彼此關聯，通訊聯繫
	□ レポート【report】	（新聞等）報告；報導，通訊
	□ 紹介 _{しょうかい}	介紹
	□ 知らせる _し	通知
	□ 届ける _{とど}	報，報告；登記
携わる たずさ 通知、報告	□ 家 _か	從事…的（人）；愛…的人，很有…的人，有某種強烈特質的人
	□ 専門 _{せんもん}	專門；專業；專長
	□ 産業 _{さんぎょう}	產業，生產事業，實業，工商等企業，工業
	□ 工業 _{こうぎょう}	工業

|||| もんだい４ Reading

つぎの（1）から（4）の文章を読んで、質問に答えてください。答えは、1・2・3・4から、いちばんいいものを一つえらんでください。

（1）

朝、木下さんの机の上に、このメモが置いてありました。

木下さん

　きのう、木下さんが帰ったあと、ヨシダ商事の川上さんという方から木下さんにお電話がありました。

　とても大事な用があるということでしたので、木下さんの携帯電話の番号をお教えしました。

　その後、川上さんからお電話がありましたか。

　あとになって、ほかの人に携帯の番号を教えてもいいかどうか、木下さんに聞いていなかったことに気がつきました。

　すみませんでした。今度から気をつけます。

山田

---

26 山田さんは何について謝っていますか。

1　木下さんに聞かずに、携帯電話の番号を川上さんに教えたこと。

2　木下さんに川上さんから電話があったことを伝えなかったこと。

3　川上さんに木下さんの家の電話番号を教えなかったこと。

4　川上さんに木下さんの携帯電話の番号を教えなかったこと。

(2)

みそ汁の作り方

　みそ汁を作ってみましょう。みそ汁は日本の家庭でいちばんよく作られる料理の一つです。

1．「だし」を用意します。だしはおいしい味のついたお湯のことで、材料はスーパーやコンビニで売っています。

2．「具」を入れます。具はみそ汁に入れる材料のことです。とうふやわかめ、野菜を入れることが多いですが、肉、魚などを入れてもいいです。

3．「みそ」を入れます。これもスーパーやコンビニで売っています。

4．できました。

(注1) お湯に「かつおぶし」を入れて、お湯においしい味がついたら、お湯から「かつおぶし」を取ります。「かつおぶし」は魚から作った食べ物です。

27　みそ汁の作り方について、上の内容と合うものはどれですか。

1　みそ汁を作るためには「みそ」と「だし」と「具」がいります。

2　みそ汁は、スーパーやコンビニで買ったほうがおいしいです。

3　みそ汁は、「みそ」を入れてから、「具」を入れます。

4　みそ汁には、野菜や肉や魚を入れなくてはいけません。

(3)

　病気はまだ完全には治っていませんから、お酒はあまり飲まないようにしてください。1日にビールをコップ2杯ぐらいまでならいいですが、1週間に2日は、お酒を全然飲まない日を作ってください。できれば、あと2週間は飲まないほうがいいです。体の調子を考えて、無理をしないようにしてくださいね。

28 次の中で、上の内容と合うものはどれですか。
1　1週間に2日はお酒を飲んだほうがいい。
2　ビールを毎日2杯飲んだほうがいい。
3　1週間に2日はお酒を飲まないほうがいい。
4　あと2週間はお酒を飲んではいけない。

(4)

　ピエールさんは、日本語学校の近くのアパートに住んでいます。近所にはコンビニと銀行があります。コンビニでは、いろいろなお弁当やお菓子や飲み物がたくさん売っていて、とても便利です。歯ブラシやタオルも売っていますが、薬は売っていません。また、本や雑誌も売っていますが、日本語のものばかりなので、ピエールさんはちょっと残念そうです。

29　コンビニについて正しくないものはどれですか。

1　コンビニはピエールさんのアパートと銀行の近くにあります。

2　お弁当や飲み物がたくさんあるので、便利です。

3　歯ブラシやタオルや薬も置いてあるので、便利です。

4　コンビニには、外国語の本は売っていません。

つぎの(1)から(4)の文章を読んで、質問に答えてください。答えは、1・2・3・4から、いちばんいいものを一つえらんでください。

---

(1)

朝、木下さんの机の上に、このメモが置いてありました。

木下さん

　きのう、木下さんが帰ったあと、ヨシダ商事の川上さんという方から木下さんにお電話がありました。

　とても大事な用があるということでしたので、木下さんの携帯電話の番号をお教えしました。

　その後、川上さんからお電話がありましたか。

　あとになって、ほかの人に携帯の番号を教えてもいい かどうか、木 ◁関鍵句
下さんに聞いていなかったことに気がつきました。

　すみませんでした。今度から気をつけます。

山田

□ 商事　商務（公司）
□ 大事　重要
□ 用　事情
□ 携帯電話　手機
□ 番号　號碼
□ すみません　對不起
□ 今度　今後
□ 謝る　道歉

26 山田さんは何について謝っていますか。

1　木下さんに聞かずに、携帯電話の番号を川上さんに教えたこと。

2　木下さんに川上さんから電話があったことを伝えなかったこと。

3　川上さんに木下さんの家の電話番号を教えなかったこと。

4　川上さんに木下さんの携帯電話の番号を教えなかったこと。

請閱讀下列（１）～（４）的文章並回答問題。請從選項１・２・３・４當中選出一個最恰當的答案。

（１）

　一早，木下先生的桌子上放著這張紙條。

> 木下先生
> 　　昨天您回去之後，吉田商事有一位叫川上的先生來電找您。
> 　　由於對方有非常重要的事情，所以我把您的手機號碼告訴了他。
> 　　在那之後，不知川上先生是否有撥電話給您呢？
> 　　後來我才想到我沒先詢問您就把您的手機號碼告訴了別人。
> 　　真是對不起。今後我會注意的。
>
> 　　　　　　　　　　　　　　　　　　　　　　　山田

---

26 請問山田為了什麼事在道歉呢？　　　　　　　　　　　Answer **1**

1　沒先詢問木下先生就把他的手機號碼給了川上先生。
2　沒把川上先生有來電一事告訴木下先生。
3　沒把木下先生家裡的電話號碼告訴川上先生。
4　沒把木下先生的手機號碼告訴川上先生。

解題攻略

　解題關鍵在「謝っています」（道歉），所以題目當中出現道歉語句的地方（例如：すみません、ごめんなさい、申し訳ありません）就是重點了。

　最後一句「すみませんでした。今度から気をつけます」（真是對不起。今後我會注意的），山田道歉的原因就在上一句：「あとになって、ほかの人に携帯の番号を教えてもいいかどうか、木下さんに聞いていなかったことに気がつきました」（後來我才想到我沒先詢問您就把您的手機號碼告訴了別人）。正確答案是１。

(2)

みそ汁の作り方

　みそ汁を作ってみましょう。みそ汁は日本の家庭でいちばんよく作られる料理の一つです。
└文法詳見 P103

1.「だし」を用意します。だしはおいしい味のついたお湯のことで、 關鍵句
　(注1)
　材料はスーパーやコンビニで売っています。

2.「具」を入れます。具はみそ汁に入れる材料のことです。とうふや 關鍵句
　わかめ、野菜を入れることが多いですが、肉、魚などを入れても 關鍵句
　いいです。

3.「みそ」を入れます。これもスーパーやコンビニで売っています。 關鍵句

4.できました。

(注1) お湯に「かつおぶし」を入れて、お湯においしい味がついた
　　　ら、お湯から「かつおぶし」を取ります。「かつおぶし」は
　　　魚から作った食べ物です。

□ みそ汁　味噌湯
□ だし　高湯
□ あじ（味）　味道
□ スーパー【supermarket 之略】超市
□ 具　材料
□ とうふ　豆腐
□ わかめ　海帶芽
□ みそ　味噌

27 みそ汁の作り方について、上の内容と合うものはどれですか。

1　みそ汁を作るためには「みそ」と「だし」と「具」がいります。

2　みそ汁は、スーパーやコンビニで買ったほうがおいしいです。

3　みそ汁は、「みそ」を入れてから、「具」を入れます。

4　みそ汁には、野菜や肉や魚を入れなくてはいけません。
└文法詳見 P103

(2)

味噌湯的煮法

　來做做看味噌湯吧！味噌湯是日本家庭最常見的料理之一。

1.準備好「高湯」。高湯是指具有鮮美滋味的湯頭，材料在超市或超
　商都有賣。_(註1)

2.放入「料」。料是指放入味噌湯的材料。比較常見的是放豆腐、海
　帶芽或蔬菜，不過也可以放入肉或魚等等。

3.放入「味噌」。這在超市或超商也都有賣。

4.煮好了。

（註1）　將「柴魚片」放入滾水，等美味釋放到湯頭後，將「柴魚片」
　　　　　從湯頭取出。「柴魚片」是一種由魚製成的食物。

---

[27] 請問針對味噌湯的煮法，符合上述內容的
　　 是哪一個選項呢？　　　　　　　　　　　　　Answer　**1**

1 煮味噌湯需要用到「味噌」、「高湯」和「料」。

2 味噌湯要在超市或超商買的才會比較好喝。

3 味噌湯要先放「味噌」再加入「料」。

4 味噌湯不可以不放入蔬菜、肉或魚。

解題攻略

　　這一題必須用刪去法作答。整理以上4點，煮味噌湯的步驟可以簡略成：
　　放高湯 → 放料 → 放味噌 → 完成

　　正確答案是1。從第1點就可以知道味噌湯必須放「味噌」、「高湯」和
「料」這三樣東西。

　　選項2是錯的，文章是說「だし」（高湯）和「みそ」（味噌）在超市買得
到，並沒有說在超市和超商買的「みそ汁」（味噌湯）比較好喝。

　　從步驟來看，可以發現放味噌是第3個步驟，放料是第2個步驟，所以選項3
說的「先放味噌再放料」也是錯的。

　　選項4提到味噌湯必須放蔬菜、肉和魚，這點也是錯誤的。因為第2點是說
「肉、魚などを入れてもいいです」（也可以放入肉或魚等等），表示味噌湯裡
面也可以放這些料，但並沒有強制一定要放。

（3）

　病気はまだ完全には治っていませんから、お酒はあまり飲まないようにしてください。1日にビールをコップ2杯ぐらいまでならいいですが、**1週間に2日は、お酒を全然飲まない日を作ってください。** できれば、あと2週間は飲まないほうがいいです。体の調子を考えて、無理をしないようにしてくださいね。

└文法詳見 P103

└文法詳見 P104

──[關鍵句]

□ 完全 完全
　かんぜん
□ 治る 康復；醫好
　なお
□ コップ 杯子
□ 作る 排出（日子；時間）
　つく
□ 調子 狀況
　ちょうし
□ 考える 考量
　かんが
□ 無理 勉強
　むり
□ 内容 内容
　ないよう

28 次の中で、上の内容と合うものはどれですか。

1　1週間に2日はお酒を飲んだほうがいい。

2　ビールを毎日2杯飲んだほうがいい。

3　1週間に2日はお酒を飲まないほうがいい。

4　あと2週間はお酒を飲んではいけない。

（3）

　病還沒有完全好，所以請盡量別喝酒。一天喝兩杯啤酒雖然還算在安全範圍內，但請規定自己一週內有兩天得滴酒不沾。如果可以，這兩個禮拜最好是不要喝。請多想想自己的身體狀況，別太勉強了。

　這是一篇醫生交代病人限制喝酒的短文，主旨在「お酒はあまり飲まないようにしてください」（請盡量別喝酒），而選項1和選項2建議病人喝酒，所以都是錯的。

　文中提到「１週間に２日は、お酒を全然飲まない日を作ってください」，所以正確答案是3。

　選項4是陷阱，文章提到「できれば、あと２週間は飲まないほうがいいです」，醫生僅是建議，語氣很委婉。然而選項4表示強烈禁止，因此錯誤。

　遇到「次の中で、上の内容と合うものはどれですか」（下列敘述符合上述內容的是哪一個選項）這種題型，一定要先把文章看熟，再用刪去法作答。

28 請問下列敘述符合上述內容的是哪一個選項呢？　　　Answer **3**

1 一週最好喝兩天酒。

2 每天最好喝兩杯啤酒。

3 一週最好有兩天不要喝酒。

4 這兩個禮拜不可以喝酒。

補充單字 決定

□ 無理(むり) 勉強；不講理　　□ 駄目(だめ) 不行；沒用
□ 正しい(ただ) 正確；端正　　□ つもり 打算；當作
□ 必要(ひつよう) 需要　　　　□ 決まる(き) 決定；規定
□ 宜しい(よろ) 好，可以　　　□ 反対(はんたい) 相反；反對

(4)

　ピエールさんは、日本語学校の近くのアパートに住んでいます。近所にはコンビニと銀行があります。コンビニでは、いろいろなお弁当やお菓子や飲み物がたくさん売っていて、とても便利です。歯ブラシやタオルも売っていますが、**薬は売っていません。** ＜關鍵句

また、本や雑誌も売っていますが、日本語のものばかりなので、ピエールさんはちょっと残念そうです。

└ 文法詳見 P104

29　コンビニについて正しくないものはどれですか。

1　コンビニはピエールさんのアパートと銀行の近くにあります。

2　お弁当や飲み物がたくさんあるので、便利です。

3　歯ブラシやタオルや薬も置いてあるので、便利です。

4　コンビニには、外国語の本は売っていません。

□ お弁当　便當　　　　　　　□ 薬　藥品
□ お菓子　零食；點心　　　　□ 残念　可惜
□ 飲み物　飲料　　　　　　　□ 置く　擺放
□ 売る　販賣
□ 便利　方便
□ 歯ブラシ【歯brush】牙刷

(4)

　　皮耶魯住在日語學校附近的公寓。附近有超商和銀行。超商裡面賣了各式各樣的便當、零食和飲料，數量很多，非常方便。雖然也有牙刷和毛巾，不過藥品就沒有販售了。此外，也有販賣書本和雜誌，但因為都是日語的，皮耶魯似乎覺得有點可惜。

---

29 請問針對超商的敘述下列何者**不正確**？　　　　　Answer　**3**

1 超商位於皮耶魯的公寓和銀行的附近。

2 有很多便當和飲料，十分方便。

3 超商也有牙刷、毛巾和藥品，很方便。

4 超商裡面沒有販售外語書籍。

解題攻略

　　題目是問超商，因此只要留意超商的描述就好。可以用刪去法作答，另外請注意題目問的是不正確的選項。

　　選項 1，文章第一句「ピエールさんは、…に住んでいます。近所にはコンビニと銀行があります」（皮耶魯住在…。附近有超商和銀行），由此可知選項 1 正確。

　　選項 2，文中提到「いろいろなお弁当やお菓子や飲み物がたくさん売っていて、とても便利です」（超商裡面賣了各式各樣的便當、零食和飲料，數量很多，非常方便），因此選項 2 正確。

　　選項 3，後面提到「薬は売っていません」（不過藥品就沒有販售了），由此可知錯誤的敘述是選項 3。

　　選項 4，文章最後一句「本や雑誌も売っていますが、日本語のものばかり」（也有販賣書本和雜誌，但都是日語的），由此可知超商裡面沒有販售外語書籍，選項 4 正確。

文法と萬用句型

お＋【動詞ます形】＋する；ご＋【サ變動詞詞幹】＋する。對要表示尊敬的人，透過降低自己或自己這一邊的人，以提高對方地位，來向對方表示尊敬。

1 お＋ ☐ ＋する、 表示動詞的謙
ご＋ ☐ ＋する 讓形式

例句 この前お話しした件ですが、考えていただけましたか。

關於上回提到的那件事，請問您考慮得怎麼樣了？

【動詞て形】＋もいい。表示許可或允許某一行為。

2 ☐ ＋てもいい …也行、可以…

例句 宿題が済んだら、遊んでもいいよ。

如果作業寫完了，要玩也可以喔。

【名詞；形容動詞詞幹；[形容詞・動詞]普通形】＋かどうか。表示從相反的兩種情況或事物之中選擇其一。「～かどうか」前面的部分接「不知是否屬實」的事情、情報。

3 ☐ ＋かどうか 是否……與否

例句 これでいいかどうか、教えてください。

請告訴我這樣是否可行。

【動詞否定形（去ない）】＋ず（に）。表示以否定的狀態或方式來做後項的動作，或產生後項的結果，語氣較生硬，相當於「～ない（で）」。

4 ☐ ＋ず（に） 不…地、沒…地

例句 ゆうべは疲れて何も食べずに寝ました。

昨天晚上累得什麼都沒吃就睡了。

5 ＿＿＿＋（ら）れる（被動）　被…

例句 この辞書は昔から使われている言葉がたくさん載っている。

這本辭典記載了很多從以前就被使用的字彙。

例句 弟が犬にかまれました。

弟弟被狗咬了。

【［一段動詞・カ變動詞］被動形】＋られる；【五段動詞被動形；サ變動詞被動形さ】＋れる。表示社會活動等普遍為大家知道的事。或表示某人直接承受到別人的動作。

6 ＿＿＿＋なくてはいけない　必須…

例句 来週の水曜日までにお金を払わなくてはいけない。

下週三之前非得付款不可。

〔替換單字・短句〕
□ レポートを出さ　交報告
□ 返事し　回覆

【動詞否定形（去い）】＋くてはいけない。表示義務和責任，多用在個別的事情，或對某個人，口氣比較強硬，所以一般用在上對下，或同輩之間。也可以用於表示社會上一般人普遍的想法，或表達説話者自己的決心。

7 ＿＿＿＋なら　要是…的話

例句 私があなたなら、謝ります。

假如我是你的話，我會道歉。

〔替換單字・短句〕
□ 気を悪くした　（讓你）不愉快
□ だめ　不行
□ まずい　難吃

【名詞；形容動詞詞幹；［動詞・形容詞］辭書形】＋なら。表示接受了對方所説的事情、狀態、情況後，説話人提出了意見、勸告、意志、請求等。

例句 野球なら、あのチームが一番強い。

棒球的話，那一隊最強了。

〔替換單字・短句〕
□ サッカー　足球
□ テニス　網球

可用於舉出一個事物列為話題，再進行説明。

【動詞辭書形；動詞否定形】＋ようにする。表示説話人自己將前項的行為、狀況當作目標而努力，或是説話人建議聽話人採取某動作、行為時。

8 [　　　] ＋ようにする

爭取做到…；設法使…；使其…

例句 これから毎日野菜を取るようにします。

我從現在開始每天都要吃蔬菜。

〔替換單字・短句〕
□ 朝早く起きる　早起
□ 忘れ物をしない　不忘東忘西

【名詞】＋ばかり。表示數量、次數非常多。

9 [　　　] ＋ばかり

淨…、光…；總是…、老是…

例句 漫画ばかりで、本は全然読みません。

光看漫畫，完全不看書。

【動詞て形】＋ばかり。表示説話人對不斷重複一樣的事，或一直都是同樣的狀態，有負面的評價。

例句 寝てばかりいないで、手伝ってよ。

別老是睡覺，過來幫忙啦！

⏺ **小知識大補帖**

▶ 味噌和糞在一起？

　　日語中有一句「ことわざ」（諺語）叫做「味噌も糞も一緒」，是"不管好的壞的全混雜一塊、好壞不分"的意思，可以翻譯成"不分青紅皂白"。

▶關於道歉

　　道歉除了前面文章中的「すみませんでした」（對不起），另外還有「ごめんなさい」（對不起）、「私が悪かったです」（是我不對）、「お詫び申し上げます」（我向您致歉）、「どうも申し訳ございません」（萬分抱歉）等說法。後三者較鄭重，日常對話中的道歉以「すみません」（對不起）和「ごめんなさい」（對不起）居多。其中「すみません」（對不起）是丁寧語，也就是較客氣的對不起，對陌生人、不熟的人或長輩用「すみません」（對不起）較為得體，至於熟人、親友、家人之間則多用「ごめんなさい」（對不起）。

常用的表達關鍵句

＊{ } 內也可自行帶入其他詞彙喔！

01 表示狀態、樣子

→ {大好きなので止まら} ずに {食べてしまいました} ／ {因為是我最愛的美食，不禁一口接一口的停} 不 {下來}。

→ {日本の家では靴を履いた} まま {入ってはいけません} ／ {日本的家中，是不能直接穿} 著 {鞋子進入屋內的}。

→ {お母様が元気になられた} そうで {よかったですね} ／ {令堂} 似乎 {恢復了健康，真是太好了}。

02 表示被動態

→ {ビルが次々に作} られた／{{大樓} 被{一棟棟的築起}}(興建起一棟棟的大樓)。

→ {送料は 80 円ぐらい取} られる／將會被 {收取 80 元左右的運費}。

03 表示尊敬謙遜

→ {先生が帰って来} られます／{老師回來了}。

→ {会長は} お {帰り} になります／{會長要回去了}。

→ {課長} お {戻り} です／{課長回公司了}。

→ ご {持参} ください／敬請您 {自備}。

→ {私がすぐやりますので}、お {任せ} ください／{我會立刻執行，}請交給我 {處理}。

→ {詳細が決まったので}、お {知らせ} します／{具體事項已定案}，由我來為您 {說明}。

→ {下記のとおり} お {知らせ} いたします／由我為您做 {如下說明}。

→ ご {用意} しております／已為您 {準備} 齊全。

關鍵字記單字

▶關鍵字	▶▶▶單字	
次ぐ 接著	□ これから	從現在起，今後，以後；現在；將來；從這裡起；從此
	□ 今度	下次，下回
	□ 以下	從此以下，從此以後
	□ 将来	將來，未來，前途
	□ 明日	明天
治す 醫治	□ 看護師	護士，護理人員
	□ お医者さん	醫生，大夫
	□ 歯医者	牙醫，牙科醫生
	□ 入院	住（醫）院
	□ 治る	病醫好，痊癒
否む 拒絕、否定	□ そんな	哪裡，不會
	□ 全然	全然，完全，根本，簡直，絲毫，一點（也沒有）
	□ ちっとも	一點（也不），一會兒也（不），毫（無）；總（不）
	□ そんなに	（不用、無需）那麼，那麼樣；程度不如想像
	□ 不便	不便，不方便，不便利
悲しむ 悲傷	□ ああ	啊；呀！唉！哎呀！哎喲；表感嘆或驚嘆
	□ 残念	懊悔
	□ 残念	遺憾，可惜，對不起，抱歉
	□ 悲しい	悲哀的，悲傷的，悲愁的，可悲的，遺憾的
	□ 寂しい	寂寞，孤寂，孤單，淒涼，孤苦；無聊
	□ 泣く	哭，啼哭，哭泣
	□ 滑る	不及格，沒考上

もんだい 4　Reading

つぎの（1）から（4）の文章を読んで、質問に答えてください。答えは、1・2・3・4から、いちばんいいものを一つえらんでください。

（1）

朝、張さんが出したごみの袋の上に、このメモが貼ってありました。

きょうは水曜日ですから、燃えないごみは出せません。

この袋の中には、プラスチックなどの燃えないごみが入っています。

この袋を出した方は、きょう中に持って帰ってください。

燃えないごみは、金曜日の朝、出してください。

---

26 張さんは、夕方、このメモを見ました。張さんは、まず何をしなければなりませんか。

1　燃えないごみを別の袋に入れて、置いておく。

2　そのままにしておく。

3　燃えないごみの入った袋を家に持って帰る。

4　燃えないごみを袋から出して、袋だけ家に持って帰る。

(2)

駅のエレベーターの横に、このお知らせがあります。

エレベーターに乗る方へ

★ このエレベーターは4人まで乗ることができます。

★ このエレベーターは、お年寄りや小さいお子さんを連れた方、または大きい荷物を持った方たちのために作ったものです。

★ それ以外の方は、できるだけ階段かエスカレーターをご利用ください。

---

27 お知らせから、このエレベーターについてわかることは何ですか。

1 78歳の山田さんはこのエレベーターに乗ってはいけません。

2 中学生の前川さんはこのエレベーターに乗らないほうがいいです。

3 小さい荷物を持っている25歳の佐藤さんはエレベーターに乗るほうがいいです。

4 3歳の子どもを連れた75歳の高橋さんは階段かエスカレーターを使わなければいけません。

(3)

　先生、うちの子猫、きのうから具合が悪そうなんです。いつもなら1日に5杯はミルクを飲むんですが、きのうは朝1杯飲んだだけで、そのあとは全然飲みませんでした。けさも、なかなか起きませんでしたし、ミルクもやっぱり飲みません。どこが悪いか見てください。お願いします。

28 子猫は、きのうときょう、全部でミルクを何杯飲みましたか。

1　5杯

2　1杯

3　2杯

4　全然飲みませんでした

(4)

わたしはタクシーの運転手です。いろいろなお客さんと話ができて、楽しいことも多いですが、嫌なお客さんもたまにはいます。特に夜遅い時間は、お酒を飲んだお客さんを乗せることが多いです。中にはすごく酔っている人もいます。そういう人にはあまり乗ってもらいたくないのですが、乗らないでくださいと言うことはできません。そんなときは、大変な仕事だなと思うこともあります。

29 「わたし」の仕事について、正しいものはどれですか。

1 嫌なお客さんが多いので、とても大変な仕事だと思います。

2 タクシーに乗るお客さんはみんな酔っています。

3 楽しいことも多いですが、たまに大変だと思うこともあります。

4 酔っているお客さんをタクシーに乗せることはできません。

つぎの(1)から(4)の文章を読んで、質問に答えてください。答えは、1・2・3・4から、いちばんいいものを一つえらんでください。

---

(1)

朝、張さんが出したごみの袋の上に、このメモが貼ってありました。

> きょうは水曜日ですから、燃えないごみは出せません。
> └ 文法詳見 P120
>
> この袋の中には、プラスチックなどの燃えないごみが入っています。
>
> **この袋を出した方は、きょう中に持って帰ってください。**
>
> 燃えないごみは、金曜日の朝、出してください。

關鍵句

□ 出す　拿出；丟出
□ ごみ　垃圾
□ 袋　袋子
□ 燃える　可燃
□ プラスチック【plastic】塑膠
□ 今日中　今天以內
□ そのまま　就這樣（保持原貌）

26 張さんは、夕方、このメモを見ました。張さんは、まず何をしなければなりませ
└ 文法詳見 P120
 んか。

1　燃えないごみを別の袋に入れて、置いておく。

2　そのままにしておく。
└ 文法詳見 P120

3　燃えないごみの入った袋を家に持って帰る。

4　燃えないごみを袋から出して、袋だけ家に持って帰る。

請閱讀下列（1）～（4）的文章並回答問題。請從選項1‧2‧3‧4當中選出一個最恰當的答案。

（1）

一早，張同學丟的垃圾，垃圾袋上貼著這張紙條。

> 今天是禮拜三，所以不能丟不可燃垃圾。
> 這個袋子裡面裝有塑膠等不可燃垃圾。
> 丟這包垃圾的人，請在今天拿回去。
> 不可燃垃圾請在星期五早上拿出來丟。

---

26 張同學傍晚看到這張紙條。請問張同學必須先做什麼呢？

 3

1 把不可燃垃圾放到其他袋中放著。
2 就這樣不用理會。
3 把裝有不可燃垃圾的袋子帶回家。
4 把不可燃垃圾從袋中取出，只帶袋子回家。

解題攻略

這一題問題關鍵在「まず」（首先），問的是必須做的第一件事情是什麼，可見題目中應該會出現規定、要求等字句，像是句型「～てください」。

題目關鍵在「この袋を出した方は、きょう中に持って帰ってください」（丟這包垃圾的人，請在今天拿回去），貼紙條的人要求這包垃圾的主人在今天以內把它拿回去。「この袋」（這包垃圾）也就是指「プラスチックなどの燃えないごみが入っています」（裝有塑膠等不可燃垃圾）的這個袋子。所以張同學最先要做的是把這包垃圾拿回家，正確答案是3。

此外，「燃えないごみは、金曜日の朝、出してください」（不可燃垃圾請在星期五早上拿出來丟）雖然也是祈使命令句，不過今天是星期三，所以沒有那麼急。而且由於不可以在今天丟棄不可燃垃圾，所以其他選項都是錯的。

(2)

駅のエレベーターの横に、このお知らせがあります。

エレベーターに乗る方へ

★ このエレベーターは 4 人まで乗ることができます。

★ このエレベーターは、**お年寄りや小さいお子さんを連れた方、または大きい荷物を持った方**たちのために作ったものです。   ◁ 關鍵句

★ **それ以外の方は、できるだけ階段かエスカレーターをご利用ください。**   ◁ 關鍵句

□ エレベーター
【elevator】 電梯

□ 横 旁邊

□ お年寄り 年長者

□ 連れる 帶；領

□ または 或者

□ 荷物 行李

□ できるだけ 盡可能地

□ 階段 樓梯

□ エスカレーター
【escalator】 電扶梯

□ 乗る 搭乘

27 お知らせから、このエレベーターについてわかることは何ですか。

1 78歳の山田さんはこのエレベーターに乗ってはいけません。
└ 文法詳見 P120

2 中学生の前川さんはこのエレベーターに乗らないほうがいいです。

3 小さい荷物を持っている25歳の佐藤さんはエレベーターに乗るほうがいいです。

4 3歳の子どもを連れた75歳の高橋さんは階段かエスカレーターを使わなければいけません。

(2)

車站的電梯旁邊有這張公告。

給各位搭乘電梯的旅客

★ 這台電梯最多可以承載 4 人。

★ 這台電梯是為了年長者、帶小朋友的家長和有大型行李的旅客所設置的。

★ 其他旅客請盡量利用樓梯或電扶梯。

---

27 根據這張公告，請問可以知道什麼關於電梯的事情呢？

Answer **2**

1 78 歲的山田先生不能搭乘這台電梯。

2 就讀國中的前川同學最好是不要搭乘這台電梯。

3 25 歲的佐藤先生隨身行李很小，還是搭乘電梯比較好。

4 75 歲的高橋先生帶著 3 歲的小孩，他必須爬樓梯或搭乘電扶梯。

解題攻略

　　從選項來看，可以發現這一題要考的是各種年齡、狀態的人該搭乘電梯還是電扶梯。要用刪去法來作答。

　　選項 1 錯誤，因為 78 歲的山田先生算是「お年寄り」（年長者），可以搭乘電梯。

　　選項 2 正確，因為前川同學既不是年長者，也沒有帶小孩或大型行李。

　　選項 3 錯誤，因為佐藤先生的行李是小件，而且他還年輕。

　　選項 4 錯誤，高橋先生不僅有帶小孩，還是年長者，可以使用電梯，並非一定要爬樓梯或搭乘電扶梯。正確答案是 2。

(3)

　先生、うちの子猫、きのうから具合が悪そうなんです。いつもなら1日に5杯はミルクを飲むんですが、**きのうは朝1杯飲**　◁ 關鍵句

└ 文法詳見 P121

んだだけで、そのあとは全然飲みませんでした。けさも、なかなか起きませんでしたし、ミルクもやっぱり飲みません。どこが悪いか見てください。お願いします。

28　子猫は、きのうときょう、全部でミルクを何杯飲みましたか。

1　5杯

2　1杯

3　2杯

4　全然飲みませんでした

□ 先生　對醫生、老師、　　□ やっぱり　果然
　律師等的稱呼

□ 子猫　小貓

□ 具合　狀況

□ 全然　完全（沒）…

□ なかなか　（後接否定）
　不容易…；不太能

(3)

　　醫生，我家的小貓從昨天開始就好像生病了。平時牠一天喝 5 杯牛奶，可是昨天早上只喝 1 杯就再也沒喝了。今天早上也是，不但起不來，牛奶也果真喝不下。請看看牠是不是哪裡有問題，麻煩您了。

> 這一句雖然有提到杯數，但是「いつも」是「平時」的意思，和問題的「きのう」、「きょう」都無關。

> 「けさ」是「今天早上」的意思，這邊提到小貓今天早上也沒有喝牛奶。所以兩天下來小貓只喝了1杯牛奶而已。
> 　「そのあと」意思是「在那之後」，可見小貓昨天早上只喝了 1 杯牛奶後就再也沒喝了。

> 　問題問的是幾杯，可以留意「杯」和「飲む」這些字出現的地方。此外，題目問的是「きのう」（昨天）和「きょう」（今天），文章裡勢必會出現其他時間，要小心陷阱。

---

28 請問小貓昨天和今天總共喝了幾杯牛奶呢？　　　　　Answer 2

1　5杯

2　1杯

3　2杯

4　完全沒喝

補充單字 程度副詞

□ 全然（ぜんぜん）完全不…；非常　　　□ ちっとも 一點也不…

□ 一杯（いっぱい）充滿；很多　　　□ 中々（なかなか）非常；不容易

□ 随分（ずいぶん）相當地；不像話　　　□ 非常に（ひじょうに）非常，很

□ すっかり 完全，全部　　　□ 殆ど（ほとんど）大部份；幾乎

□ 大分（だいぶ）相當地　　　□ 十分（じゅうぶん）充分，足夠

(4)

　わたしはタクシーの運転手です。いろいろなお客さんと話ができて、**楽しいことも多いですが、**嫌なお客さんもたまにはいます。特に夜遅い時間は、お酒を飲んだお客さんを乗せることが多いです。中にはすごく酔っている人もいます。そういう人にはあまり乗ってもらいたくないのですが、乗らないでくださいと言うことはできません。そんなときは、**大変な仕事だなと思うこともあります。**

< 關鍵句

< 關鍵句

└文法詳見 P121

29 「わたし」の仕事について、正しいものはどれですか。

1　嫌なお客さんが多いので、とても大変な仕事だと思います。

2　タクシーに乗るお客さんはみんな酔っています。

3　楽しいことも多いですが、たまに大変だと思うこともあります。

4　酔っているお客さんをタクシーに乗せることはできません。

□ タクシー【taxi】計程車　　□ すごく　非常
□ 運転手　司機
□ お客さん　乗客
□ 嫌　討厭的
□ たまに　偶爾
□ 特に　特別是
□ 夜遅い　深夜的

(4)

　　我是個計程車司機。雖然可以和許多乘客聊天，絕大部分的時候都是開心的，但偶爾也是有討厭的客人。特別是深夜時段，經常載到喝酒的乘客。其中有些人喝得醉醺醺的，實在是不太想讓他們上車，但我沒辦法對他們說「請勿搭乘」。這時我就會覺得，這真是一份辛苦的工作。

---

29 請問針對「我」的工作，下列敘述何者正確？　　　　　　　Answer **3**

1　討厭的乘客很多，是一份很辛苦的工作。
2　搭乘計程車的乘客每一個都喝醉了。
3　雖然大部分的時候都是開心的，但偶爾也覺得很辛苦。
4　不能讓酒醉的客人上計程車。

解題攻略

　　遇到選出正確選項的題型建議用刪去法作答。

　　選項 1 錯誤，文中提到「嫌なお客さんもたまにはいます」（偶爾也是有討厭的客人），表示雖有討厭的客人，不過人數並不多。

　　選項 2 錯在「みんな」（每個人、大家），從「特に夜遅い時間は、お酒を飲んだ客さんを乗せることが多いです」（特別是深夜時段，經常載到喝酒的乘客）這句來看，可知喝酒的客人不少，但並不是全部。

　　選項 3 是從「楽しいことも多いです」（絕大部分的時候都是開心的）和「大変な仕事だなと思うこともあります」（覺得這真是一份辛苦的工作）合併而來的，選項 3 正確。

　　從「中にはすごく酔っている人もいます。…、乗らないでくださいと言うことはできません」（其中有些人喝得醉醺醺的，…，但我沒辦法對他們說「請勿搭乘」）可知計程車司機沒辦法拒載乘客，所以選項 4 錯誤。

文法と萬用句型

【[一段動詞・カ變動詞] 可能形】＋られる；【五段動詞可能形；サ變動詞可能形さ】＋れる。表示從客觀條件來看，有可能做某事，或技術上或身體能力上具有某種能力。

❶ ⬚⬚⬚⬚ ＋（ら）れる（可能）會…；能…

> **例句** ここはなんでも食べられる。
> 這裡可以吃到任何食物。

> **例句** マリさんはお箸が使えますか。
> 瑪麗小姐會用筷子嗎？

【動詞否定形】＋なければならない。表示無論是自己或對方，從社會常識或事情的性質來看，不那樣做就不合理，有義務要那樣做。

❷ ⬚⬚⬚⬚ ＋なければならない

必須…、應該…

> **例句** 大人は子どもを守らなければならないよ。
> 大人應該要保護小孩呀！

【動詞て形】＋おく。表示考慮目前的情況，採取應變措施，將某種行為的結果保持下去。也表示為將來做準備，事先採取某種行為。

❸ ⬚⬚⬚⬚ ＋ておく …著；先…、暫且…

> **例句** レストランを予約しておきます。
> 我會事先預約餐廳。

【動詞て形】＋はいけない。表示禁止，基於某種理由、規則，直接跟聽話人表示不能做前項事情，一般限於用在上司對部下、長輩對晚輩。也常用在交通標誌、禁止標誌等。

❹ ⬚⬚⬚⬚ ＋てはいけない

不准…、不許…、不要…

> **例句** ベルが鳴るまで、テストを始めてはいけません。
> 在鈴聲響起前不能動筆作答。

---

5 ＿＿＿＋なら　要是…的話

例句 おもしろい人となら結婚してもいい。

如果是和有趣的人，要結婚也可以。

> 【助詞】＋なら。表示其他情況或許並非如此，但如果就前項而言，後項可以成立。

例句 そんなにおいしいなら、私も今度その店に連れていってください。

如果真有那麼好吃，下次也請帶我去那家店。

> 【名詞；形容動詞詞幹；［動詞・形容詞］辭書形】＋なら。表示接受了對方所説的事情、狀態、情況後，説話人提出了意見、勸告等。

6 ＿＿＿＋てもらう

（我）請（某人為我做）…

例句 彼女に助けてもらいました。

請她幫忙。

> 【動詞て形】＋もらう。表示請求別人做某行為，且對那一行為帶著感謝的心情。

〔替換單字・短句〕

□ お金を貸して　借（我）錢
□ 日本語を教えて　教（我）日語
□ 友達を紹介して　介紹朋友（給我）

✏ 小知識大補帖

▶ 在日本搭計程車

　　在日本無法搭電車或公車時，就選擇計程車吧！日本計程車的特色是左邊車門會自動打開和關閉，完全不用自己動手，缺點是花費較高。

　　搭計程車時，只要説「＿＿＿までお願いします」（我要到＿＿＿）就行了。如果不知道想去的地點該怎麼念，就説「ここまでお願いします」（我要到這裡），並拿出地圖指給司機看吧！希望停車時，可以説「ここで止めてください」（請在這裡停車）。是不是很簡單呢？

常用的表達關鍵句

* {　} 內也可自行帶入其他詞彙喔！

01 表示授受關係

→ {わたしは木村さんに湯飲み} をもらいました／{我從木村先生那裡} 得到 {一只茶碗}。

→ {資料} を {印刷し} てもらいます／{我} 請人幫忙 {將資料打印}。

→ {A工業に電話をすると教え} てもらえます／{我} 得到了 {要我致電給A工業產業的口信}。

→ {先生にいい本} をいただきました／{我從老師那裡} 得到了 {一本好書}。

→ {先生にスピーチの原稿} を {直し} ていただきます／{老師} 為 {我修潤演講稿}。

→ {母はわたしに着物} をくれます／{母親} 給我 {一襲和服}。

→ {彼女は私によい席を見つけ} てくれた／{她} 替我 {找} 了 {一個好位置}。

→ {手伝っ} てくれませんか／可以幫我 {一個忙} 嗎？

→ {先生は私に希望と自信} をくださいました／{老師} 給了我 {希望和自信}。

02 表示說明

→ {私の眼鏡、確かここに置いた} のです（のだ）／{我確實} 是 {將眼鏡放在這裡} 的。

→ {いつも「元気で健康でありたい」と思う} のは {願い} です／{能永遠健康且朝氣蓬勃} 是 {我的心願}。

→ {日曜日はテニスを} することが多い／{星期日} 通常會 {去打網球}。

03 表示委婉表現

→ {深い森の中にはたくさんの動物がいる} だろう／{森林深處住著許多小動物} 吧。

→ {東京の地下鉄の路線はとても複雑} であろう／{東京的地鐵路線相當複雜} 吧。

關鍵字記單字

▶關鍵字　　　▶▶單字

多い (おおい)
多的

□ ほとんど	大體，大部分
□ 中々 (なかなか)	頗，很，非常；相當
□ 大分 (だいぶ)	很，相當地
□ 十分 (じゅうぶん)	十分，充分，足夠，充裕
□ 以上 (いじょう)	以上，不少於，不止，超過，以外；以上，上述
□ 億 (おく)	指數目非常多
□ 一杯 (いっぱい)	滿，充滿於特定場所中
□ 一杯 (いっぱい)	數量很多
□ 深い (ふかい)	濃厚
□ 多い (おおい)	多的，數目或者分量大，數量、次數等相對較大、較多
□ 過ぎる (すぎる)	超過；過度；過分；太過
□ 勝つ (かつ)	超過；超越
□ 足りる (たりる)	（對於正在做的事情來說是）夠用的、可以的

少ない (すくない)
少、不多

□ 偶に (たまに)	有時，偶爾
□ 一度 (いちど)	一下，隨時，稍微
□ 気持ち (きもち)	小意思，心意，對於自己的用心表示謙遜時使用的自謙語
□ 経済 (けいざい)	經濟實惠，少花費用或工夫，節省
□ 少ない (すくない)	少，不多
□ 浅い (あさい)	顏色淡的，顏色淺的
□ 浅い (あさい)	淺薄的，膚淺的
□ 珍しい (めずらしい)	（事情）少有，罕見
□ 下がる (さがる)	（價格、行情）下降，降低，降價
□ 空く (すく)	某空間中的人或物的數量減少

▶ 假日安排

暇<small>ひま</small>だったら出<small>で</small>かけます。
如果有空的話就會出門。

週末<small>しゅうまつ</small>は近<small>ちか</small>くを散歩<small>さんぽ</small>します。
週末會在附近散步。

家<small>いえ</small>でのんびりします。
我會在家裡悠哉休息。

いろいろな店<small>みせ</small>を見<small>み</small>て回<small>まわ</small>ります。
我會去逛各種商店。

彼氏<small>かれし</small>とデートをします。
我會和男朋友約會。

友<small>とも</small>だちとおいしいものを食<small>た</small>べに行<small>い</small>きます。
會和朋友去吃好吃的。

たまに温泉<small>おんせん</small>に行<small>い</small>きます。
偶爾去個泡溫泉。

旅行<small>りょこう</small>をします。
我去旅行。

家<small>いえ</small>の掃除<small>そうじ</small>をします。
我會打掃家裡。

私<small>わたし</small>は料理教室<small>りょうりきょうしつ</small>に通<small>かよ</small>っています。
我在上烹飪課程。

最近<small>さいきん</small>、柔道<small>じゅうどう</small>を習<small>なら</small>い始<small>はじ</small>めました。
最近開始學柔道。

週末<small>しゅうまつ</small>は仕事<small>しごと</small>で忙<small>いそが</small>しくなると思<small>おも</small>います。
我想週末應該會忙著工作。

友だちとコンサートに行きます。
我會和朋友去聽演唱會。

テニスをしに行きます。
我會去打網球。

▶ 打電話

高橋さん、いっらしゃいますか。
高橋先生在嗎？

どちら様でしょうか。
您是哪位？

智子と申しますが、桜子さんをお願いします。
我叫做智子，麻煩請櫻子小姐聽電話。

はい、少々お待ちください
是的，請稍等一下。

今話せないので後でかけ直します
我現在不方便講電話，等下再打電話給你。

10分したらかけ直してくれますか。
你可以 10 分鐘之後再打過來嗎？

今、外出しています。
他現在外出。

すぐ戻ると思います。
我想他馬上就會回來。

何時ごろ帰ってくるかわかりません。
我不知道他幾點會回來。

何か伝えましょうか。
請問需要幫您留言給他嗎？

お電話番号をお願いします。
請問您的電話號碼是？

では、失礼します。
那麼，再見。

▶ 搭計程車

電話でタクシー呼びましょう。
打電話叫計程車吧。

タクシーを一台呼んでください。
請幫我叫一台計程車。

東京駅までお願いします。
請到東京車站。

そこまでどれくらいかかりますか。
到那裡要花多少時間？

道は混んでいますか。
路上塞車嗎？

右に曲がってください。
請向右轉。

まっすぐ行ってください。
請直走。

次の信号の手前で止めてください。
請在下個紅綠燈前停車。

ここで止めてください。
請在這裡停車。

タクシーは使わないで電車で行きましょう。
我們不要搭計程車，改搭電車前往吧！

もんだい
5

理解內容／中文

讀完包含以日常話題或情境為題材等，約450字左右的簡易撰寫文章段落之後，測驗是否能夠理解其內容。

考前要注意的事

▶ **作答流程 & 答題技巧**

| 閱讀說明 | 先仔細閱讀考題說明 |

**閱讀
問題與內容**

預估有4題

1 考試時建議先看提問及選項，再看文章。解題關鍵就在掌握文章結構「開頭是主題、中間說明主題、最後是結論」了。

2 閱讀約450字的中篇文章，測驗是否能夠理解文章的內容。以日常生活話題或情境所改寫的簡單文章。

3 提問一般用，造成某結果的理由「〜はどうして〜か」、文章中的某詞彙的意思「〜とは、何ですか」、作者的想法或文章內容「作者はどうして〜ですか」的表達方式。

4 還有，選擇錯誤選項的「正しくないものどれですか」也偶而會出現，要仔細看清提問喔！

| 答題 | 選出正確答案 |

つぎの文章を読んで、質問に答えてください。答えは、1・2・3・4から、いちばんいいものを一つえらんでください。

　最近の日本では、お父さんやお母さんが仕事で忙しかったり、子どもが勉強で忙しかったりで、家族ひとりひとりが違う時間に食事をする家庭が増えています。特に、子どもが中学生や高校生になって自分の時間を持つようになると、家族みんなで食事をするのが難しくなるようです。

　一人で食べるのとだれかといっしょに食べるのは、違います。例えば、一人のときは、おはしの持ち方が正しくなかったり、ちゃんと座らないで食べたりしても、だれも注意しません。でも、だれかといっしょのときには、食べ方や座り方にも気をつけなければいけません。

　家族がいっしょに食事をするのはとても大切なことです。できれば、テレビをつけないで、きょうどんなことがあったか話をしながら食事をしましょう。そうすれば、きょうはお兄さんは元気があるなあ、お姉さんはよく笑うなあ、お父さんは疲れていそうだなあ、と家族の様子がよくわかります。上手に時間を作って、1週間に1回は、家族みんなでごはんを食べるようにしてみませんか。

30 日本ではどのように食事をする人が増えていますか。
1　家族といっしょに食事をする人。
2　中学生や高校生の友だちと食事をする人。
3　お父さんやお母さんと食事をする人。
4　一人で食事をする人。

31 家族が違う時間に食事をするのはどうしてですか。
1　家族みんなが忙しいことが多いから。
2　一人で暮らしているから。
3　一人でいることが好きだから。
4　テレビを見ながら食べたいから。

32 一人で食べるのとだれかといっしょに食べるのは、違いますとありますが、どんなことが違いますか。
1　食べるものが違います。
2　好きなものが違います。
3　食べ方や座り方が違います。
4　使うお茶碗やお皿が違います。

33 家族といっしょに食事をすると、どんないいことがありますか。
1　テレビをつけなくなります。
2　元気になります。
3　家族のことがよくわかります。
4　話が上手になります。

つぎの文章を読んで、質問に答えてください。答えは、1・2・3・4から、いちばんいい
ものを一つえらんでください。

最近の日本では、**お父さんやお母さんが仕事で忙しかったり、子どもが勉強で忙しかったりで、家族ひとりひとりが違う時間に食事をする家庭が増えています。** 特に、子どもが中学生や高校生になって自分の時間を持つようになる └文法詳見 P134
と、家族みんなで食事をするのが難しくなるようです。 └文法詳見 P134

└ 30.31題
關鍵句

一人で食べるのとだれかといっしょに食べるのは、違います。例えば、**一人** └ 32題
關鍵句
のときは、おはしの持ち方が正しくなかったり、ちゃんと座らないで食べたりしても、だれも注意しません。でも、だれかといっしょのときには、**食べ方や座り方にも気をつけなければいけません。**

家族がいっしょに食事をするのはとても大切なことです。できれば、テレビをつけないで、きょうどんなことがあったか話をしながら食事をしましょう。 └ 33題
關鍵句
そうすれば、きょうはお兄さんは元気があるなあ、お姉さんはよく笑うなあ、お父さんは疲れていそうだなあ、と家族の様子がよくわかります。 上手に時間を作って、1週間に1回は、家族みんなでごはんを食べるようにしてみませんか。 └文法詳見 P134

□ 忙しい　忙碌的
□ 勉強　唸書
□ ひとりひとり　每一個人
□ 違う　不同
□ 家庭　家庭
□ 増える　增多
□ 難しい　困難的
□ 例えば　比方説
□ おはし　筷子
□ 持ち方　（筷子的）拿法
□ 正しい　正確的
□ ちゃんと　好好地

□ 注意する　提醒；注意
□ 食べ方　吃相；吃法
□ 座り方　坐姿
□ 元気　有精神；活力
□ 疲れる　疲累
□ 様子　樣子
□ 上手　高明；巧妙；擅長
□ 暮らす　生活

請閱讀下列文章並回答問題。請從選項 1 · 2 · 3 · 4 當中選出一個最恰當的答案。

　　最近在日本，父母忙於工作，小孩忙著唸書，家人吃飯的時間都不同，像這樣的家庭日漸增多。特別是當小孩上了國中或高中，有了自己的時間，全家一起吃頓飯也似乎越來越難了。

　　獨自吃飯和跟別人一起吃飯是不同的。比方說，一個人的時候，拿筷子的方式即使不正確，坐姿再怎麼不好看，也不會有人提醒你；不過，和別人在一起的時候，就不得不注意吃相或坐姿了吧。

　　和家人一起用餐是非常重要的。如果可以，吃飯時不要打開電視，一邊用餐一邊聊聊今天發生了什麼事吧！如此一來，就能好好地觀察家人的樣子，像是今天哥哥很有精神、姊姊常常大笑、爸爸看起來很累等等。要不要試試看找出時間，一週至少一次和全家人吃頓飯呢？

段落主旨

第一段	指出現在日本的用餐情況並說明原因。
第二段	說明獨自用餐和與他人用餐的不同。
第三段	點出全家一起吃飯的好處及重要性。

Answer **4**

30　日本ではどのように食事をする人が増えていますか。

1　家族といっしょに食事をする人。

2　中学生や高校生の友だちと食事をする人。

3　お父さんやお母さんと食事をする人。

4　一人で食事をする人。

30　請問在日本日漸增多的是怎樣吃飯的人呢？

1　和家人一起吃飯的人。

2　和國中或高中同學一起吃飯的人。

3　和爸爸或媽媽吃飯的人。

4　獨自吃飯的人。

Answer **1**

31　家族が違う時間に食事をするのはどうしてですか。

1　家族みんなが忙しいことが多いから。

2　一人で暮らしているから。

3　一人でいることが好きだから。

4　テレビを見ながら食べたいから。

31　請問為什麼家人都各自在不同的時間吃飯呢？

1　因為家人都有很多要忙的事。

2　因為自己一個人住。

3　因為喜歡自己一個人。

4　因為想邊看電視邊吃飯。

Answer **3**

32　一人で食べるのとだれかといっしょに食べるのは、違いますとありますが、どんなことが違いますか。

1　食べるものが違います。

2　好きなものが違います。

3　食べ方や座り方が違います。

4　使うお茶碗やお皿が違います。

32　文章中提到獨自吃飯和跟別人一起吃飯是不同的，請問是什麼不同呢？

1　食物不同。

2　喜歡的東西不同。

3　吃相和坐姿不同。

4　使用的碗盤不同。

Answer **3**

33　家族といっしょに食事をすると、どんないいことがありますか。

1　テレビをつけなくなります。

2　元気になります。

3　家族のことがよくわかります。

4　話が上手になります。

33　請問和家人一起用餐有怎樣的好處呢？

1　不再打開電視。

2　變得有精神。

3　瞭解家人。

4　講話變得有技巧。

解題攻略

這一題問題關鍵在「どのように」（怎樣），問的是吃飯時的狀態。

題目「増えていますか」（日漸增多）對應到文章中「家族ひとりひとりが違う時間に食事をする家庭が増えています」（家人吃飯的時間都不同，像這樣的家庭日漸增多），說明有越來越多的家庭都是家人獨自吃飯。

也可以用刪去法作答。「家族ひとりひとりが違う時間に食事をする家庭が増えています」（家人吃飯的時間都不同，像這樣的家庭日漸增多）因此1、3都是錯的。文章也沒提到「和國中或高中同學一起吃飯」，所以選項2也錯誤。

答案就在文章開頭第一句，「最近の日本では、お父さんお母さんが仕事で忙しかったり、子どもが勉強で忙しかったりで、家族ひとりひとりが違う時間に食事をする家庭が増えています」（最近在日本，父母忙於工作，小孩忙著唸書，家人吃飯的時間都不同，像這樣的家庭日漸增多），所以答案是1。

「どうして」和「なぜ」一樣，都是用來詢問原因、理由的疑問詞。

「一人のときは、…でも、だれかといっしょのときには、…」（獨自一人的時候，…不過，和別人一起的時候…），這裡用兩個「は」和一個「でも」來點出「一人のとき」（獨自一人的時候）和「だれかといっしょのとき」（和別人一起的時候）的對比。提到一個人吃飯的時候，拿筷子的方式或是坐姿都有可能不正確，不過和別人吃飯時就會注意，正確答案是3。

像這種劃底線的題型，通常都是用換句話詢問底線部分的意思，一定要掌握全文意旨。可以從底線部分的上下文來幫助理解，因為底線部分很有可能是前文的總結，或是後文的破題引言。

文章最後一段的最後寫道「きょうはお兄さんは元気があるなあ、お姉さんはよく笑うなあ、お父さんは疲れていそうだなあ、と家族の様子がよくわかります」（就能好好地觀察家人的樣子，像是今天哥哥很有精神、姊姊常常大笑、爸爸看起來很累等等），意思是全家人一同吃飯可以更瞭解家人，所以答案是3。

問的是「どんな」（什麼樣的），所以要找出文章指出的具體內容。

もんだい5　Reading

🖊 文法と萬用句型

【動詞辭書形；動詞可能形】＋
ようになる。表示是能力、
狀態、行為的變化。大都含
有花費時間，使成為習慣或
能力。動詞「なる」表示狀
態的改變。

❶ ＿＿＿＿＋ようになる　（變得）…了

例句 練習して、200メートルぐらい
泳げるようになった。
練習後，能游 200 公尺左右了。

〔替換單字・短句〕
□ やっと箸を持てる　終於會用筷子
□ この曲を弾ける　會彈這首曲子
□ 家事をできる　會做家事

【名詞の；形容動詞詞幹な；
［形容詞・動詞］普通形】＋
ようだ。用在從各種情況推
測人或事物是後項的情況，
通常是說話人主觀的推測。

❷ ＿＿＿＿＋ようだ

好像…；像…一樣的、如…似的

例句 公務員になるのは、難しいよ
うです。
要成為公務員好像很難。

【名詞の；動詞辭書形；動詞
た形】＋ようだ。把事物的
狀態、形狀、性質及動作狀
態，比喻成一個不同的其他
事物。

例句 白雪姫は、肌が雪のように白
く、美しかった。
白雪公主的肌膚像雪一樣白皙，非
常美麗。

【動詞辭書形；動詞否定形】＋
ようにする。表示說話人將
前項的行為、狀況當作目標
而努力，或是說話人建議聽
話人採取某動作、行為時。

❸ ＿＿＿＿＋ようにする

爭取做到…、設法使…；使其…

例句 エレベーターには乗らないで、
階段を使うようにしている。
現在都不搭電梯，而改走樓梯。

小知識大補帖

▶ 日本人的用餐禮儀

　　日本人非常講究用餐禮儀。用餐時，應拿著碗以碗就口，順序是先捧起碗再舉筷子。如果中途需要用別的碗，也應該先放下筷子，換碗後再重新拿筷子。用餐到一半時，台灣人多習慣將筷子橫放在碗上「休息」，但這個舉動對日本人而言非常不禮貌。在日本餐廳，餐桌上多有「筷架」，如果要將筷子放下，必須放於筷架之上，如果沒有筷架，可以用筷子的包裝摺一個。

　　另外，日語中有個俗語叫「迷い箸」，是指吃飯時不知道該夾哪一個，而把筷子懸在食物上挑選的行為。這種 "舉筷不定" 的行為也非常失禮。

　　其他在餐桌上不禮貌的行為還有「移り箸」，意思是夾了一道菜卻沒吃，緊接著又夾下一道菜。「刺し箸」是指將筷子插進食物中食用，這種用法在台灣稀鬆平常，但到了日本，這個行為也很不禮貌。

　　各國國情不同，沒有絕對的對錯。不過入境隨俗，如果到日本餐廳用餐，就尊重當地的文化與禮節吧！

常用的表達關鍵句

01 表示變化

→ {髪が早く乾く} ようになります／{頭髮乾燥的速度} 變 {快了}。

→ {用事が入ったので行け} なくなりました／{突然有要事} 無法 {前往} 了。

→ {入口は少し狭} くします／將 {入口稍微} 縮 {窄}。

→ {心とか体を丈夫} にします／讓 {心志和體魄} 變得 {強韌}。

→ {子どもの数がだんだん減っ} ていきます／{孩童的人數} 持續在 {減少}。

→ {店にお客様がどんどん入っ} てきます／{客人一個勁兒地湧進店裡} 來。

02 表示婉轉的斷定

→ {子どもたちはとても真面目な} ようだ／{孩子們} 似乎 {非常投入}。

→ {悩みは無駄} である（だ、です）／{擔心煩惱} 是 {沒有用的}。

→ {その言い方は失礼} ではないか／{那樣的說法} 不是 {有些失禮} 嗎？

→ {二人は明らかに喧嘩している} のがわかる／看得出來 {兩人確實正在吵架}。

→ {みんなで意見を出し合って、決めた} と考える／我認為 {這件事是大家經過意見的交流後一起決定的}。

03 表示習慣

→ {できるだけ外出しない} ようにしてあります／都 {盡可能避免外出}。

→ {なるべく外食はしない} ようにしています／都 {盡量不吃外食}。

04 表示進行思考

→ {来年、留学試験を受け} てみてください／{明年} 請試著 {參加留學考試}。

→ {どのような条件が必要なのか} を考えてみよう／試著想想看 {什麼樣的條件是必要的} 吧。

關鍵字記單字

▸關鍵字	▸▸▸單字	
難^{むずか}しい 困難的	□ やっと	好不容易，終於，才
	□ 無理^{む り}	難以辦到，勉強；不合適
	□ 複雑^{ふくざつ}	複雜，結構或關係錯綜繁雜
	□ 難^{にく}い	困難；不好辦
	□ 厳^{きび}しい	困難
	□ 酷^{ひど}い	（程度）激烈，兇猛，厲害，嚴重
	□ 駄目^{だ め}	白費，無用；無望
加^{くわ}える 添加	□ それに	而且，再加上
	□ けれど・けれども	也，又，更
	□ もう一^{ひと}つ	再一個
	□ アクセサリー【accessary】	裝飾品，服飾
	□ イヤリング【earring】	耳環，耳飾，掛在耳朵上的飾物
	□ 指輪^{ゆび わ}	戒指，指環
	□ 添付^{てん ぷ}	添上；付上
	□ 増^ふえる	增加，增多
	□ 足^たす	添；續；補上
	□ 飾^{かざ}る	裝飾，裝點
備^{そな}える 準備、防備	□ お大事^{だい じ}に	請多保重
	□ 準備^{じゅん び}	準備，預備；籌備
	□ 支度^{し たく}	準備；預備
	□ 用意^{よう い}	準備，預備
	□ 注意^{ちゅう い}	注意，留神；當心，小心；仔細；謹慎，給建議、忠告

つぎの文章を読んで、質問に答えてください。答えは、1・2・3・4から、いちばんいいものを一つえらんでください。

　夜おふろに入る人と朝おふろに入る人と、どちらが多いでしょうか。最近見たある雑誌には、80％の人が夜おふろに入っていると書いてありました。

　夜おふろに入る理由は、疲れた体をゆっくり休めることができるからと答えた人がほとんどでした。おふろで本を読んだり音楽を聴いたりするという人もいますし、最近では、テレビを見ながらおふろに入るという人も増えているそうです。中には何時間もおふろに入るという人もいて、驚きました。

　外国では、朝シャワーを浴びる人が多いですが、日本でもだいたい20％の人が朝おふろに入っています。女性より男性のほうが、朝おふろに入る人が多いそうで、これはとてもおもしろいことだと思いました。夜おふろに入っている人の中にも、もし時間があれば、朝おふろに入りたいという人もいました。

　このように、生活習慣はひとりひとり違います。結婚してから、おふろのことでけんかしたという人もいます。体をきれいにして、ゆっくり休めることが大切ですから、自分に合った方法でおふろを楽しむのがいいでしょう。

30 日本では、いつおふろに入る人が多いですか。

1 夜 2 朝

3 朝と夜 4 テレビを見るとき

31 夜おふろに入る理由は、どれが多いですか。

1 疲れた体をゆっくり休めたいから。

2 本を読んだり、音楽を聴いたりしたいから。

3 テレビを見たいから。

4 シャワーを浴びるのは大変だから。

32 作者はどんなことがおもしろいことだと思いましたか。

1 外国では、シャワーを浴びる人が少ないこと。

2 日本でも20％ぐらいの人が、朝シャワーを浴びていること。

3 女性より男性のほうが、朝おふろに入る人が多かったこと。

4 男性より女性のほうが、朝おふろに入る人が多かったこと。

33 この文では、どのようにおふろを楽しむのがいいと言っていますか。

1 結婚してから楽しむほうがいいです。

2 楽しむのではなく、体をきれいにしたり、休めたりしなければいけません。

3 時間があれば、できるだけおふろに入って楽しむほうがいいです。

4 自分に合ったやり方で楽しむのがいいです。

つぎの文章を読んで、質問に答えてください。答えは、1・2・3・4から、いちばんいい
ものを一つえらんでください。

夜おふろに入る人と朝おふろに入る人と、どちらが多いでしょうか。最近見
たある雑誌には、**80%の人が夜おふろに入っている**と書いてありました。　　〉30 題
　　　　　　　　　　　　　　　　　　　　　　　　　　　　　　　　　　　　　關鍵句

　夜おふろに入る理由は、疲れた体をゆっくり休めることができるからと答え　〉31 題
た人がほとんどでした。おふろで本を読んだり音楽を聴いたりするという人も　　關鍵句
いますし、最近では、テレビを見ながらおふろに入る<u>という人</u>も増えているそ
　　　　　　　　　　　　　　　　　　　　　└文法詳見 P144
うです。中には何時間もおふろに入るという人もいて、驚きました。

　外国では、朝シャワーを浴びる人が多いですが、日本でもだいたい20%の人
が朝おふろに入っています。**女性より男性のほうが、朝おふろに入る人が多い**　〉32 題
　　　　　　　　　└文法詳見 P144　　　　　　　　　　　　　　　　　　　關鍵句
そうで、これはとてもおもしろいことだと思いました。夜おふろに入っている
　　　　　　　　　　　　　　　　　　└文法詳見 P144
人の中にも、もし時間があれば、朝おふろに入りたいという人もいました。
　　　　　　　　　　　　　　└文法詳見 P145

　このように、生活習慣はひとりひとり違います。結婚してから、おふろのこ
とでけんかしたという人もいます。体をきれいにして、ゆっくり休めることが　　〉33 題
大切ですから、**自分に合った方法でおふろを楽しむのがいいでしょう。**　　　　關鍵句

□ おふろに入る 洗澡；　　　　□ 生活 生活
　　泡澡　　　　　　　　　　　　□ 習慣 習慣
□ ある 某個　　　　　　　　　　□ 結婚する 結婚
□ 理由 理由
□ ゆっくり 悠閒地　　　　　　　□ けんか 吵架
□ 休める 能休息　　　　　　　　□ 自分 自己
□ 答える 回答　　　　　　　　　□ 楽しむ 享受
□ 驚く 令人吃驚　　　　　　　　□ 大変 辛苦；糟糕
□ 外国 國外　　　　　　　　　　□ やり方 做法
□ シャワーを浴びる
　　【showerを浴びる】
　　沖澡
□ もし 如果

請閱讀下列文章並回答問題。請從選項1・2・3・4當中選出一個最恰當的答案。

> 晚上泡澡的人和早上泡澡的人，哪種人比較多呢？最近我看一本雜誌，上面寫説80%的人是在晚上泡澡。
>
> 關於在晚上泡澡的理由，大多數的人都回答「因為可以讓疲憊的身體獲得充分的休息」。有人會在泡澡的時候看書或聽音樂，而最近也越來越多人會邊看電視邊泡澡，其中有些人甚至可以一泡就泡好幾個鐘頭，真讓人大吃一驚。
>
> 在國外，早上沖澡的人很多，日本也有約20%的人會在早上泡澡。比起女性，聽説比較多的男性會在早上泡澡，我覺得這是個非常有趣的現象。習慣晚上泡澡的人當中，如果時間充足，也有人會想在早上泡澡。
>
> 像這樣每個人的生活習慣都不一樣。也有人結婚後因為洗澡的事情吵架。洗淨身體和充分休息是很重要的，不妨用適合自己的方法來享受泡澡吧。

段落主旨

第一段	開門見山點出晚上洗澡的人比較多。
第二段	承接上一段説明原因，並介紹各種洗澡習慣。
第三段	話題轉到早上洗澡的人的情況。
第四段	結論：每個人的洗澡習慣都不同，可以找出適合自己的方法。

Answer 1

30 日本では、いつおふろに入る人が多いですか。

1 夜　　　　2 朝

3 朝と夜　　4 テレビを見るとき

30 請問在日本，什麼時候泡澡的人比較多呢？

1 晚上　　　　2 早上

3 早上和晚上　4 看電視時

Answer 1

31 夜おふろに入る理由は、どれが多いですか。

1 疲れた体をゆっくり休めたいから。

2 本を読んだり、音楽を聴いたりしたいから。

3 テレビを見たいから。

4 シャワーを浴びるのは大変だから。

31 請問晚上泡澡最多的理由是什麼？

1 因為想讓疲累的身體充分休息。

2 因為想看書或聽音樂。

3 因為想看電視。

4 因為沖澡很麻煩。

Answer 3

32 作者はどんなことがおもしろいことだと思いましたか。

1 外国では、シャワーを浴びる人が少ないこと。

2 日本でも20％ぐらいの人が、朝シャワーを浴びていること。

3 女性より男性のほうが、朝おふろに入る人が多かったこと。

4 男性より女性のほうが、朝おふろに入る人が多かったこと。

32 請問作者覺得什麼是有趣的現象呢？

1 在國外沖澡的人很少。

2 在日本也約有 20％的人會在早上沖澡。

3 早上泡澡的男性比女性多。

4 早上泡澡的女性比男性多。

Answer 4

33 この文では、どのようにおふろを楽しむのがいいと言っていますか。

1 結婚してから楽しむほうがいいです。

2 楽しむのではなく、体をきれいにしたり、休めたりしなければいけません。

3 時間があれば、できるだけおふろに入って楽しむほうがいいです。

4 自分に合ったやり方で楽しむのがいいです。

33 請問這篇文章説要如何享受泡澡呢？

1 結了婚再來享受比較好。

2 不是享受，而是一定要把身體洗乾淨並休息。

3 有時間的話，盡可能地泡澡享受比較好。

4 用適合自己的方法來享受比較好。

解題攻略

　這一題問題重點放在人數較多的洗澡時段。解題關鍵在第二行的「80％の人が夜おふろに入っている」（80％的人是在晚上泡澡），可見「夜」（晚上）佔多數，正確答案是1。

　問的是「夜おふろに入る理由」（晚上泡澡的理由），答案就在第二段一開始「夜おふろに入る理由は、疲れた体をゆっくりと休めることができるからと答えた人がほとんどでした」（在晚上泡澡的理由，大多數的人都回答因為可以讓疲憊的身體獲得充分的休息）。由此可知「疲れた体をゆっくりと休めたいから」（讓疲憊的身體獲得充分的休息）就是正確答案，也就是選項1。

> 　解題關鍵在「ほとんど」（大多數），這是「大部分」、「幾乎」的意思，正好對應問題中的「多い」（多的）。

　劃線部分「これはとてもおもしろいことだと思いました」（我覺得這是個非常有趣的現象），可見「これ」＝「おもしろいこと」。

　指示詞「これ」（這）是指前文中距離「これ」出現的地方最近的事物。根據這個解題原則，會發現這一題「これ」是指「女性より男性のほうが、朝おふろに入る人が多いそうで」（比起女性，聽說比較多的男性會在早上泡澡），正確答案是3。

> 　這一題考的是劃線部分的具體內容，不妨回到文章中找出劃線部分，解題線索通常就藏在上下文當中。

　問題當中的「おふろを楽しむ」（享受泡澡）可以在文章的最後一句找到：「自分に合った方法でおふろを楽しむのがいいでしょう」（不妨用適合自己的方法來享受泡澡吧），問的是方法，解題關鍵就在「自分に合った方法で」（適合自己的方法），所以正確答案是4。

> 　選項4的「やり方」（方法）是「動詞ます形＋方」（「方」唸成「かた」）的用法，表示做某個動作的方法。

文法と萬用句型

【名詞；普通形】＋という。
用於針對傳聞、評價、報導、
事件等內容加以描述或説
明。前面接名詞，表示後項
的人名、地名等名稱。

1 ＿＿＿＋という　…的…；叫做…

例句 台風が近づいたというニュースを見た。

看到颱風接近的新聞。

例句 最近、堺照之という俳優は人気があります。

最近有位名叫堺照之的演員很受歡迎。

〔替換單字・短句〕
□ 桜・映画　櫻花・電影
□ クレマチス・花　鐵線蓮・花

【名詞；[形容詞・動詞]普
通形】＋より（も、は）＋【名
詞の；[形容詞・動詞]普
通形；形容動詞詞幹な】＋
ほう。表示對兩件事物進行
比較後，選擇後者。「ほう」
是方面之意。被選上的用
「が」表示。

2 ＿＿＿＋より＋＿＿＿＋ほう

…比…；比起…更…

例句 暇よりは忙しい方がいいです。

比起空閒，更喜歡忙碌。

【[名詞・形容詞・形容動詞・
動詞]普通形】＋とおもう。
表示説話者有這樣的想法、
感受、意見。「とおもう」
只能用在第一人稱。前面接
名詞或形容動詞時要加上
「だ」。

3 ＿＿＿＋と思う　覺得

…、認為…、我想…、我記得…

例句 吉村先生の授業は、面白いと思います。

我覺得吉村老師的課很有趣。

〔替換單字・短句〕
□ 大変だ　很辛苦　□ 簡単だ　很簡單

4　[＿＿＿＿]＋ば　如果…的話、假如…、如果…就…

例句 雨が降れば、空気がきれいになる。

下雨的話，空氣就會變得十分清澄。

> 【形容詞・動詞】假定形；[名詞・形容動詞]假定形＋ば。敘述一般客觀事物的條件關係。如果前項成立，後項就一定會成立。或後接意志或期望等詞，表示後項受到某種條件的限制。

🕐 小知識大補帖

▶ **結果好就一切都好**

　　日語中有句「ことわざ」（俗諺）叫做「終わりよければ全てよし」，意思是 "結果好就一切都好"。這裡的「よければ」就是用了文法「～ば」。而最後的「よし」則是「よい」（好）的古語用法。

▶ **日本的公共澡堂**

　　到日本一定要體驗的就是公共澡堂了！日本的「銭湯」（公共澡堂）在6世紀時就已經存在，當時傳入日本的佛教認為要侍奉神明的人必須先洗去髒污。而日本人也相信泡澡不只是洗去身體的髒污，也是洗去俗世的汙垢，所以後來才產生了提供大眾泡澡的「銭湯」。

常用的表達關鍵句

01 表示對比、比較

→ {経済学} より {言語学} のほうが {好きです} ／比起 { 經濟學，我 } 更 { 喜歡語言學 }。

→ {科学} は {何} より {もまずデータを大切にしている} ／{ 科學 } 比 { 任何領域都更重視數據 }。

→ {看護士の} ほうが {2倍} ほど {少ないそうだ} ／{ 據說護理師的人數 } 相對 { 少了兩倍 } 之多。

→ {今日} は {昨日} ほど、{暑く} ない／{ 今天 } 不像 { 昨天 } 那麼 { 熱 }。

→ {戦争} と {平和} と、どちらが {お金がかかりますか} ？／{ 戰爭 } 和 { 和平 } 哪個 { 花費 } 更 { 龐大的資金呢 } ？

→ {職業} の中で、{警官} がいちばん {好きです}／在{ 所有行業 } 之中，{ 我 } 最 { 喜歡警察 }。

→ {サラダ} は {食べました} が、{ステーキ} は {まだです} ／{ 我吃了沙拉 }，但 { 還沒品嚐牛排 }。

→ {素晴らしい海の景色がすご} すぎる／{ 壯闊的海景真是 } 太{ 震撼人心 } 了。

02 表示推測、斷定

→ {入門講座は値段が安い} と思います／我覺得 { 入門課程的價格很是實惠 }。

→ {彼らの意見は、正しい} だろうと思います／我想 { 他們的意見 } 大概是 { 正確的 } 吧。

→ {電車が遅れているね。何か事故があった} らしいです／{ 電車誤點了。} 好像是 { 發生什麼事故了 }。

→ {厳しい暑さが続く} かもしれません／{ 炙熱嚴酷的天氣 } 可能 { 還會持續一段時間 }。

→ {この頃、母は少し体が弱くなった} ようです／{ 這些日子，母親的身子 } 似乎 { 日漸衰弱 }。

關鍵字記單字

▶關鍵字　　▶▶▶單字

因る 由於、因為	□ に拠ると	根據
	□ だから	因此，所以
	□ それで	因此，因而，所以
	□ 原因	原因
	□ 訳	理由，原因，情由，緣故，情形，成為這種狀態結果的理由
	□ 理由	理由，緣故
	□ ため	由於，結果
	□ お陰	虧得，怪，多虧（因某事物而產生的結果）
	□ はず	道理，理由

答える 回答	□ 答え	回答，答覆，答應
	□ 答え	解答，答案
	□ 返事	答應，回答，回話
	□ 返信	回信，回電
	□ 挨拶	回答，回話
	□ 御礼	謝意，謝詞，表示感謝之意，亦指感謝的話
	□ 代わり	補償；報答

生きる 生存、生活、有生氣	□ 生活	生活，謀生，維持度日的活動
	□ 社会	社會，世間
	□ 世界	世界，全球，環球，天下，地球上的所有的國家、所有的地域
	□ 気	氣息，呼吸
	□ 盛ん	繁榮，昌盛；（氣勢）盛，旺盛
	□ 生きる	活，生存，保持生命
	□ 生きる	生活，維持生活，以…為生；為…生活

つぎの文章を読んで、質問に答えてください。答えは、1・2・3・4から、いちばんいいものを一つえらんでください。

　日本人は日記が好きだと言われています。日本では、日記に使うノートだけを作っている会社もあります。

　小学生のときには、夏休みの宿題に日記がありました。日記には、その日どんなことをしたか、どこへ行ったか、何を思ったかなどを書きました。何かしたことがある日はいいのですが、夏休みは長いですから、したことが何もない日もあります。そんな日は書くことがないので、とても困ったことを覚えています。

　最近は、インターネットを使って日記を書く人が増えてきました。インターネットに何かを書くのは、前は難しかったのですが、今では簡単な方法があって、これを「ブログ」といいます。日本語で書かれたブログは英語で書かれたものよりも多く、世界でいちばん多いそうです。日本人は、ほかの国の人よりも、書くことが好きだと言えるでしょう。

　日記を書くことに、どのようないい点があるか考えてみました。例えば、その日のよかったこと、悪かったことを思い出して、次はどうすればいいか考えることができます。また、子どもがいる人は、子どもが大きくなる様子を書いておけば、将来大きくなったときに見せてあげることもできます。いろいろな使い方がありますね。

30 この人は、夏休みの日記にどんなことを書きましたか。

1　おもしろいこと

2　思い出したこと

3　困ったこと

4　したこと、行ったところ、思ったこと

31 この人は、夏休みに日記を書くとき、どんなことに困りましたか。

1　何をしたかすぐに忘れてしまうこと。

2　書くことがたくさんあって、全部は書けないこと。

3　何もしなかった日に、書くことがないこと。

4　日記を書くのに、時間がかかること。

32 日本語で書かれた「ブログ」は世界でいちばん多いとありますが、ここからどんなことがわかりますか。

1　日本人はインターネットが好きだということ。

2　日本人は書くことが好きだということ。

3　日本人は日記に使うノートが好きだということ。

4　日本人は書いたものを子どもに見せるのが好きだということ。

33 ここではどのような日記の使い方が紹介されていますか。

1　自分や子どものための日記の使い方。

2　夏休みを楽しく過ごすための日記の使い方。

3　外国の人と仲よくなるための日記の使い方。

4　英語が上手になるための日記の使い方。

つぎの文章を読んで、質問に答えてください。答えは、1・2・3・4から、いちばんいい
ものを一つえらんでください。

日本人は日記が好きだと言われています。日本では、日記に使うノートだけ
を作っている会社もあります。

小学生のときには、夏休みの宿題に日記がありました。**日記には、その日ど** | 30 題 關鍵句
んなことをしたか、どこへ行ったか、何を思ったかなどを書きました。 何かし
たことがある日はいいのですが、夏休みは長いですから、**したことが何もない** | 31 題 關鍵句
日もあります。そんな日は書くことがないので、とても困ったことを覚えてい
ます。

最近は、インターネットを使って日記を書く人が増えてきました。インター
　　　　　　　　　　　　　　　　　　　　　　　　　└文法詳見 P154
ネットに何かを書くのは、前は難しかったのですが、今では簡単な方法があっ
て、これを「ブログ」といいます。日本語で書かれたブログは英語で書かれた
ものよりも多く、世界でいちばん多いそうです。**日本人は、ほかの国の人より** | 32 題 關鍵句
も、書くことが好きだと言えるでしょう。

日記を書くことに、どのようないい点があるか考えてみました。例えば、**そ** | 33 題 關鍵句
の日のよかったこと、悪かったことを思い出して、次はどうすればいいか考え
ることができます。また、子どもがいる人は、子どもが大きくなる様子を書い
ておけば、将来大きくなったときに見せてあげることもできます。 いろいろな
　└文法詳見 P154　　　　　　　　　　　└文法詳見 P154
使い方がありますね。

請閱讀下列文章並回答問題。請從選項 1・2・3・4 當中選出一個最恰當的答案。

　　很多人說日本人喜歡日記，在日本甚至有只製作日記本的公司。

　　小學時期的暑假作業要寫日記。日記裡面寫說那天做了什麼、去了哪裡、在想什麼等等。有事情做的日子倒還好，不過暑假很漫長，所以有的時候沒有事情可以做。這種日子沒有什麼好寫，我還記得我因此感到十分困擾。

　　最近有越來越多人利用網路寫日記。以前要在網路上寫東西是件難事，不過現在有了簡單的方法，就叫作「部落格」。用日語寫的部落格比用英語寫的部落格還多，據說是全世界最多的。日本人可以說是比其他國家的人還喜歡寫東西吧？

　　我試著想想寫日記這個行為有什麼樣的好處。比方說可以回想當天的好事、壞事，思考下次該如何應對。還有，有小孩的人也可以寫寫小孩的成長史，等到長大後再拿給他看。有各式各樣的使用方法呢。

段落主旨

第一段	破題點出日本人喜愛日記。
第二段	作者回憶起小學時期暑假寫日記的情形。
第三段	話題轉到網路部落格，再次證明日本人喜歡寫日記。
第四段	說明日記的好處、用法。

Answer **4**

30 この人は、夏休みの日記にどんな
　　ことを書きましたか。

1　おもしろいこと
2　思い出したこと
3　困ったこと
4　したこと、行ったところ、思ったこと

30 請問這個人在暑假的日記裡寫了
　　什麼呢？

1　有趣的事物
2　回想起來的事物
3　困擾的事情
4　做過的事、去過的地方、想法

Answer **3**

31 この人は、夏休みに日記を書くと
　　き、どんなことに困りましたか。

1　何をしたかすぐに忘れてしまうこと。
　　└文法詳見 P154
2　書くことがたくさんあって、全部
　　は書けないこと。
3　何もしなかった日に、書くことが
　　ないこと。
4　日記を書くのに、時間がかかること。

31 請問這個人暑假寫日記的時候，
　　對什麼感到很困擾呢？

1　很快地就忘記自己做過什麼。
2　要寫的東西太多了，寫不下全部。
3　沒做什麼的日子沒東西好寫。
4　寫日記很花時間。

Answer **2**

32 日本語で書かれた「ブログ」は世界
　　でいちばん多いとありますが、ここ
　　からどんなことがわかりますか。

1　日本人はインターネットが好きだ
　　ということ。
2　日本人は書くことが好きだということ。
3　日本人は日記に使うノートが好き
　　だということ。
4　日本人は書いたものを子どもに見
　　せるのが好きだということ。
　　└文法詳見 P155

32 文章裡面提到用日語寫的部落格
　　是全世界最多，請問從這邊可以
　　得知什麼事情？

1　日本人很喜歡上網。
2　日本人喜歡寫東西。
3　日本人很喜歡日記本。
4　日本人喜歡把寫下的東西給小孩
　　看。

Answer **1**

33 ここではどのような日記の使い方
　　が紹介されていますか。

1　自分や子どものための日記の使い方。
2　夏休みを楽しく過ごすための日記
　　の使い方。
3　外国の人と仲よくなるための日記
　　の使い方。
4　英語が上手になるための日記の使い方。

33 請問這篇介紹了什麼樣的日記使
　　用方法呢？

1　為了自己或小孩的日記使用方法。
2　為了快樂過暑假的日記使用方法。
3　為了和外國人相處融洽的日記使
　　用方法。
4　為了增進英文能力的日記使用方
　　法。

解題攻略

　這一題重點放在「夏休み」（暑假），我們可以從第二段找出答案。問題中的「書きましたか」（寫了）剛好可以對應內容：「日記には、その日どんなことをしたか、どこへ行ったか、何を思ったかなどを書きました」（日記裡面寫説那天做了什麼、去了哪裡、在想什麼等等），因此正確答案是 4。

　問題中的「困りました」（困擾）對應「そんな日は書くことがないので、とても困ったことを覚えています」（這種日子沒有什麼好寫，我還記得我因此感到十分困擾）。"這種日子"是指「したことが何もない日」（什麼也沒做的日子），這句話可以還原成選項「何もしなかった日」（沒做什麼的日子）。正確答案是 3。

　「〜に困る」表示為了某件事物感到困擾，格助詞要用「に」（為了…），有時也可以用「で」（因為…）。「〜を覚えている」意思是「還記得…」，表示有某段記憶，要用「〜ている」。

　劃線部分提到「日本語で書かれたブログは英語で書かれたものよりも多く、世界でいちばん多いそうです」（用日語寫的部落格比用英語寫的部落格還多，據説是全世界最多的），並且下一句補充道「日本人は、ほかの国の人よりも、書くことが好きだと言えるでしょう」（日本人可以説是比其他國家的人還喜歡寫東西吧），由此可知正確答案是 2。

　文章當中有講到「ブログ」（部落格）的部分是在第三段。這一題考的是劃線部分的具體內容，遇到這種題型不妨回到文章中找出劃線部分，解題線索通常就藏在上下文當中。

　這一題問「使い方」（使用方法），對應第四段最後一句「いろいろな使い方がありますね」（有各式各樣的使用方法呢），所以可以從這裡找答案。

　關鍵在最後「その日のよかったこと、…。また、子どもがいる人は、子どもが大きくなる様子を書いておけば、将来大きくなったときに見せてあげることもできます」（當天的好事……還有，有小孩的人也可以寫寫小孩的成長史，等到長大後再拿給他看），由此可知答案是 1。

　「〜おけば」（先…的話）是「〜ておく」（先…）加上表示假設的「ば」（如果），意思是"如果先…的話"。

✏ 文法と萬用句型

【動詞て形】＋くる。保留「来る」的本意，也就是由遠而近，向説話人的位置、時間點靠近。或表示狀態漸漸改變。

❶ □□□□ **＋てくる**

…來；…起來；…過來；…（然後再）來…

例句 日本語を学ぶ人が増えてきました。

學習日語的人逐漸增加了。

【動詞て形】＋おく。表示考慮目前的情況，採取應變措施，將某種行為的結果保持下去。「…著」的意思；也表示為將來做準備，事先採取某種行為。

❷ □□□□ **＋ておく** …著；先…、暫且…

例句 結婚する前に料理を習っておきます。

結婚前先學會做菜。

〔替換單字・短句〕
□ **趣味を作って** 培養興趣
□ **いろんな所へ旅行して** 去很多地方旅行

※「ておけば」為「ておく」的假定形。是「ておく」後加接續助詞「ば」的形式。

【動詞て形】＋あげる。表示自己或站在一方的人，為他人做前項利益的行為。是「～てやる」的客氣説法。

❸ □□□□ **＋てあげる** （為他人）做…

例句 私は友達に本を１冊買ってあげた。

我買一本書給朋友。

〔替換單字・短句〕
□ **傘を貸して** 借傘
□ **中国語を教えて** 教中文

【動詞て形】＋しまう。表示出現了説話人不願意看到的結果，含有遺憾、惋惜、後悔等語氣，這時候一般接的是無意志的動詞，或表示動作或狀態的完成。

❹ □□□□ **＋てしまう** 表感慨；…完

例句 失敗してしまって、悲しいです。

失敗了很傷心。

5 ＿＿＿＿＋（さ）せる　讓…、叫…

例句 親が子どもに部屋を掃除させ
た。
父母讓小孩整理房間。

〔替換單字・短句〕
□ 料理をつくら　做飯
□ 家事を覚えさ　學做家事

【［一段動詞・カ變動詞］使
役形；サ變動詞詞幹】＋さ
せる；【五段動詞使役形】＋
せる。表示某人用言行促使
他人自然地做某種行為。或
表示某人強迫他人做某事。

常用的表達關鍵句 * { } 內也可自行帶入其他詞彙喔！

01 表示選擇性行為

→ {馬に乗って草原を駆け} てみたいです／我想 { 乘著馬兒在廣闊無垠的草原上奔馳 }。

→ {料理を冷蔵庫に保存し} ておきます／{ 把菜餚放入冰箱存放 } 好。

→ {大変だと思っていた作業が 30 分ででき} てしまいました／{ 原以為會是個大工程，卻只花了 30 分鐘就 } 全部 { 處理 } 好了。

02 表示使役關係

→ {もう 1 度勝負} させます／讓 { 我們再比一次勝負 }。

→ {この全国大会に出場} させてもらいます／請讓我 { 參加全國大賽 }。

→ {温かみを感じ} させてくれます／讓我 { 感受到人情溫情 }。

→ {私も参加} させていただきます／請允許 { 我也一同參加 }。

→ {新しいことに挑戦} させてくださいます／請讓我 { 挑戰全新的事物 }。

03 表示轉折關係

→ {お金が増えます} が、{休みが減ります} ／雖然 { 薪水增加 }，但 { 休假也減少了 }。

04 表示目的

→ {植物は空気をきれいにする} のに {役に立ちます} ／{ 植物有助 } 於 { 淨化空氣 }。

→ {桜見物} のため（に）{外出した} ／為了 { 賞櫻 } 而 { 外出了 }。

→ {コンサートを開く} ために {つくられた団体です} ／為了 { 開演唱會 } 而 { 組成的團體 }。

→ {私は海外旅行を楽しむことができる} ように {英語を学びます} ／{ 我 } 為了 { 享受國外旅行的樂趣 } 而 { 勤學英語 }。

→ {ごみを出さ} ないように {しましょう} ／請勿 { 把垃圾拿出去 }。

關鍵字記單字

▶關鍵字　　　　　▶▶▶單字

<ruby>記<rt>しる</rt></ruby>す 做記號、記住、記錄	□ <ruby>通帳記入<rt>つうちょう きにゅう</rt></ruby>	補登存摺
	□ ブログ【blog】	部落客，網路日記，博客
	□ レポート【report】	報告書；學術研究報告
	□ <ruby>請求書<rt>せいきゅうしょ</rt></ruby>	訂單，帳單，申請書
	□ <ruby>日記<rt>にっき</rt></ruby>	日記，日記本
	□ ワープロ【word processor 之略】	文字處理機，語言處理機
	□ <ruby>訳<rt>わけ</rt></ruby>	意義，意思
	□ <ruby>登録<rt>とうろく</rt></ruby>	登記，註冊
	□ <ruby>付<rt>つ</rt></ruby>ける	寫上，記上，標注上

<ruby>送<rt>おく</rt></ruby>る 送、寄送、送（人）	□ インターネット・ネット【internet】	網路
	□ メール【mail】	郵政；郵件，短信
	□ <ruby>差出人<rt>さしだしにん</rt></ruby>	發信人，寄信人，寄件人
	□ <ruby>宛先<rt>あてさき</rt></ruby>	收信人的姓名、地址
	□ <ruby>転送<rt>てんそう</rt></ruby>	轉送；轉寄；轉遞
	□ <ruby>送信<rt>そうしん</rt></ruby>	（通過無線）發報；（通過有線或無線）播送；（通過電波）發射
	□ <ruby>送<rt>おく</rt></ruby>る	送（人），送行，送走；伴送
	□ <ruby>出<rt>だ</rt></ruby>す	寄，郵送；發送
	□ <ruby>届<rt>とど</rt></ruby>ける	送到；送給；送去
	□ <ruby>打<rt>う</rt></ruby>つ	送出，打，輸入

<ruby>易<rt>やさ</rt></ruby>しい 簡單、容易	□ <ruby>近道<rt>ちかみち</rt></ruby>	捷徑；快速的方法或手段
	□ <ruby>簡単<rt>かんたん</rt></ruby>	簡單；簡易，容易；輕易；簡便
	□ やすい	容易，簡單

つぎの文章を読んで、質問に答えてください。答えは、1・2・3・4から、いちばんいいものを一つえらんでください。

　わたしの母はことし60歳になったので、30年間働いた会社をやめました。これまでは、毎朝5時に起きてお弁当を作ってから、会社に行っていました。家に帰ってからも、ちょっと休むだけで、すぐに晩ごはんを作ったり、洗たくしたりしなければならないので、いつもとても忙しそうでした。母はよく1日が24時間では時間が足りないと言っていました。わたしもたまには家のことを手伝いましたが、たいていはお皿を洗うだけでした。今では、あのころもっと母の手伝いをしてあげればよかったと、申し訳ない気持ちでいっぱいです。

　母は会社をやめてやっと自分の時間ができたと言っています。最近は健康のために運動を始めたようですし、ほかにも、新しい趣味がいろいろできたようです。例えば、タオルで人形を作って、近所の子どもにあげたり、踊りを習いに行ったりしています。今の母は、働いていたころよりも、元気そうです。さっきは友だちからぶどうジャムの作り方を教えてもらったから、自分でもやってみると言って、スーパーに材料を買いに出かけました。こんな母を見るとわたしもうれしくなります。

30 この人のお母さんは、仕事をやめる前はどんな様子でしたか。

1 「わたし」がよく手伝ったので、家ではゆっくりしていました。

2 忙しくてゆっくり休む時間もあまりありませんでした。

3 昔のほうが今よりも元気でした。

4 毎日忙しかったですが、自分の時間も十分にありました。

31 この人のお母さんは最近どのように過ごしていますか。

1 前からやっている運動を続けています。

2 毎日ぶどうジャムを作っています。

3 人形を作ったり、踊りを習ったりしています。

4 仕事が忙しいので、自分の時間がありません。

32 こんな母とありますが、どんな様子ですか。

1 毎日会社で一生懸命働いている様子。

2 毎日仕事で忙しくて、休む時間もあまりない様子。

3 毎日趣味や運動で元気そうに過ごしている様子。

4 毎日スーパーにジャムの材料を買いに行く様子。

33 このあと、この人のお母さんはどこにいるはずですか。

1 会社にいるはずです。

2 スーパーにいるはずです。

3 踊りの教室にいるはずです。

4 近所の子どもの家にいるはずです。

つぎの文章を読んで、質問に答えてください。答えは、1・2・3・4から、いちばんいいものを一つえらんでください。

> わたしの母はことし60歳になったので、30年間働いた会社をやめました。これまでは、毎朝5時に起きてお弁当を作ってから、会社に行っていました。家に帰ってからも、ちょっと休むだけで、すぐに晩ごはんを作ったり、洗たくしたりしなければならないので、いつもとても忙しそうでした。母はよく1日が24時間では時間が足りないと言っていました。わたしもたまには家のことを手伝いましたが、たいていはお皿を洗うだけでした。今では、あのころもっと母の手伝いをしてあげればよかったと、申し訳ない気持ちでいっぱいです。
> └文法詳見P164
>
> 　母は会社をやめてやっと自分の時間ができたと言っています。最近は健康のために運動を始めたようですし、ほかにも、新しい趣味がいろいろできたようです。例えば、タオルで人形を作って、近所の子どもにあげたり、踊りを習いに行ったりしています。今の母は、働いていたころよりも、元気そうです。さっきは友だちからぶどうジャムの作り方を教えてもらったから、自分でもやってみると言って、スーパーに材料を買いに出かけました。こんな母を見るとわたしもうれしくなります。
> └文法詳見P164　　　　　　　└文法詳見P164

30題 關鍵句

31.32題 關鍵句

33題 關鍵句

□ やめる　辭去（工作）
□ たまに　偶爾
□ やっと　終於
□ 運動　運動
□ タオル【towel】　毛巾
□ 人形　娃娃
□ 近所　附近
□ 踊り　舞蹈
□ 習う　學習
□ ぶどう　葡萄
□ ジャム【jam】　果醬
□ 作り方　製作方式

□ 教える　教導
□ 材料　材料
□ 昔　以前
□ 十分　十足；非常
□ 続ける　持續；繼續
□ 一生懸命　拚命
□ 教室　教室

請閱讀下列文章並回答問題。請從選項 1 · 2 · 3 · 4 當中選出一個最恰當的答案。

> 　　我的母親今年滿 60 歲，離開了她工作 30 年的公司。在此之前，她每天早上 5 點起來做便當，接著再去上班。回到家後她也只能休息一下，馬上就要去煮晚餐、洗衣服，所以看起來總是很忙碌。她以前常說一天 24 個小時不夠用。我有時也會幫忙做家事，可是大概都僅只於洗碗而已。現在回想起來，都覺得當時應該要多幫母親做家事才對，覺得十分愧疚。
>
> 　　母親現在説她離職後終於有了自己的時間。最近為了健康她似乎開始運動，而且還培養許多新的興趣。比如説，利用毛巾做娃娃送給住附近的小孩，或是去學跳舞。比起上班時期，母親現在看起來有精神多了。剛剛她還向朋友學了葡萄果醬的製作方式，説自己也要來試試看，就出門去超市買材料了。看到像這樣的母親我也跟著開心起來。

段落主旨

第一段	敘述母親離職前的忙碌生活。
第二段	説明母親離職後的改變。

--- Answer **2**

30　この人のお母さんは、仕事をやめ
　　　る前はどんな様子でしたか。
　1　「わたし」がよく手伝ったので、家
　　　ではゆっくりしていました。
　2　忙しくてゆっくり休む時間もあま
　　　りありませんでした。
　3　昔のほうが今よりも元気でした。
　4　毎日忙しかったですが、自分の時
　　　間も十分にありました。

30　請問這個人的母親在辭掉工作前
　　　過得如何呢？
　1　「我」常常幫她的忙，所以母親在
　　　家裡都很悠閒。
　2　忙得連好好休息的時間都很少。
　3　以前比現在還有精神。
　4　雖然每天都很忙，但很有自己的
　　　時間。

--- Answer **3**

31　この人のお母さんは最近どのよう
　　　に過ごしていますか。
　1　前からやっている運動を続けています。
　2　毎日ぶどうジャムを作っています。
　3　人形を作ったり、踊りを習ったり
　　　しています。
　4　仕事が忙しいので、自分の時間が
　　　ありません。

31　請問這個人的母親最近過得如何
　　　呢？
　1　持續做之前一直有在做的運動。
　2　每天都在做葡萄果醬。
　3　製作娃娃或是去學跳舞。
　4　忙於工作，沒自己的時間。

--- Answer **3**

32　こんな母とありますが、どんな様
　　　子ですか。
　1　毎日会社で一生懸命働いている様子。
　2　毎日仕事で忙しくて、休む時間も
　　　あまりない様子。
　3　毎日趣味や運動で元気そうに過ご
　　　している様子。
　4　毎日スーパーにジャムの材料を買
　　　いに行く様子。

32　文章提到像這樣的母親，請問是
　　　指什麼樣子的呢？
　1　每天在公司拚命工作的樣子。
　2　每天都忙於工作，沒什麼時間休
　　　息的樣子。
　3　每天都因為興趣或運動而精神奕
　　　奕的樣子。
　4　每天都去超市買果醬材料的樣子。

--- Answer **2**

33　このあと、この人のお母さんはど
　　　こにいるはずですか。
　　　　　　　　文法詳見P164
　1　会社にいるはずです。
　2　スーパーにいるはずです。
　3　踊りの教室にいるはずです。
　4　近所の子どもの家にいるはずです。

33　請問之後這個人的母親應該人在
　　　哪裡呢？
　1　應該在公司。
　2　應該在超市。
　3　應該在舞蹈教室。
　4　應該在附近的小朋友的家。

解題攻略

　　文章第一段提到離職前母親「毎朝 5 時に起きて…、いつもとても忙しそうでした」（每天早上 5 點起來…看起來總是很忙碌）。因此正確答案是 2。

> 也可以用刪去法作答：
> 　選項 1，文中提到作者後悔當時沒有多幫母親做家事。
> 　選項 3，文中提到母親離職後比以前更有精神。
> 　選項 4，文中提到母親說離職後終於有了自己的時間。

　　「最近…運動をはじめた」表示運動是最近才開始的，所以選項 1 錯誤。
　　「さっきは友だちからぶどうジャムの作り方を教えてもらったから」（剛剛她還向朋友學了葡萄果醬的製作方式），所以選項 2 是錯的。
　　文中提到「例えば、タオルで人形を作って、…」（比如說，利用毛巾做娃娃…），選項 3 正確。
　　由於作者母親現在沒有工作了，所以選項 4 錯誤。

> 這一題問的是「最近」的情況，也就是作者母親離職後的生活，答案在第二段。為了節省時間，可以用刪去法作答。

　　「こんな母」（這樣的母親）指的是「離職後的母親」。

　　根據文章可知母親離職後培養了許多新的興趣，像是利用毛巾做娃娃和去學跳舞，比上班時更有精神了。所以正確答案是 3。

> 也可以用刪去法作答：
> 　選項 1，母親現在沒上班了。
> 　選項 2，沒什麼時間休息是離職前的母親。
> 　選項 4，今天才要嘗試製作果醬。

　　問題關鍵在「このあと」（之後）和「どこ」（哪裡），要掌握時間點和場所位置。

　　解題關鍵在「スーパーに材料を買いに出かけました」（就出門去超市買材料了），所以她等一下應該會抵達超市。正確答案是 2。

📝 文法と萬用句型

【動詞て形】＋あげる。表示自己或站在同一方的人，為他人做前項利益的行為。是「～てやる」的客氣説法。

❶ ☐ ＋てあげる　（為他人）做…

例句 花子、写真を撮ってあげましょうか。

花子，我來替妳拍張照片吧！

※「てあげれば」為「てあげる」的假定形。是「てあげる」後加接續助詞「ば」的形式。

【動詞て形】＋もらう。表示請求別人做某行為，且對那一行為帶著感謝的心情。接受人跟給予人大多是地位、年齡同等的同輩。給予人也可以是晚輩。

❷ ☐ ＋てもらう

（我）請（某人為我做）…

例句 高橋さんに安いアパートを教えてもらいました。

我請高橋先生介紹我便宜的公寓。

【動詞て形】＋みる。「みる」是由「見る」延伸而來的抽象用法，常用平假名書寫。表示嘗試著做前接的事項，是一種試探性的行為或動作，一般是肯定的説法。

❸ ☐ ＋てみる　試著（做）…

例句 最近話題になっている本を読んでみました。

我看了最近熱門話題的書。

【名詞の；形容動詞詞幹な；[形容詞・動詞]普通形】＋はずだ。表示説話人根據事實或理論來推測結果。

❹ ☐ ＋はずだ

（按理説）應該…；怪不得…

例句 土曜日ですか。大丈夫なはずです。

星期六嗎？（我）應該沒問題。

〔替換單字・短句〕

☐ 休みの　是休假
☐ 間に合わない　趕不上
☐ 家にいる　在家

ℹ 小知識大補帖

▶ **你今天帶便當了嗎？**

　　日本人可以説是把「お弁当」（便當）發揮得最淋漓盡致的民族。「愛妻弁当」（愛妻便當）是指妻子為丈夫準備的「手作り弁当」（親手做的便當）。由於日本社會至今仍以男主外、女主內為常態，專職主婦早起替家人準備中午的便當就成了他們每天的工作之一。「キャラ弁」（卡通便當）是媽媽為了幫助小孩克服偏食，使用各式食材把製作成卡通人物、動物等形象的便當。「駅弁」（鐵路便當）則是各車站或列車內所販售的便當，菜色和包裝通常會結合當地特產和特色，很有「地域限定」（地區限定）的感覺。

常用的表達關鍵句

＊{ } 內也可自行帶入其他詞彙喔！

01 表示授受關係

→ {アイデアによって賞金} をあげます／{挑選出優秀的點子} 頒發 {獎金}。

→ {桜子さん} を {家まで送っ} てあげました／{我送櫻子小姐回家}。

→ {先生、中国のお碗} をさしあげます／{老師，} 送您 {這只中國的碗具}。

→ {私は先生の食事} を {作っ} てさしあげました／那時 {我} 為 {老師做飯}。

→ {弟に小遣い} をやりました／{我} 給了 {弟弟零用錢}。

02 表示推測、斷定

→ {ダンスの先生なんだから、ダンスが上手な} はずです／{既然身為舞蹈老師，} 應該是 {舞藝精湛}。

→ {真面目な彼が遅刻する} はずがありません／{平時勤勤懇懇、兢兢業業的他} 不可能 {遲到}。

→ {これは、彼が特別大事にしている本} と考えられる／{這} 似乎是 {他特別珍惜的一本書}。

→ あるいは {そこで教授に会える} かもしれない／或者 {在那裡} 說不定 {能見到教授}。

03 表示婉轉的斷定

→ {日本語として明らかにおかしいところは直っている} ように思う／看來 {明顯不自然的日文已經被修正過了}。

→ {小学生でこの考えができるのは褒めるべき} ではなかろうか／{小學生的年紀能有這等思考能力} 難道不該 {讚美一番嗎}？

→ {強い風で、木の枝が動いている} ではないかと思う／我想應該是 {因為強風，使得樹枝隨風搖擺} 吧。

→ {悪いことをしたら、すぐ謝りましょう} とも考えられる／也可以認定 {做錯事情就該馬上道歉}。

關鍵字記單字

▶關鍵字	▶▶▶單字	
喜ぶ よろこ 高興、值得慶賀	□ お目出度うございます め で と	恭喜，賀喜，道喜
	□ 正月 しょうがつ	過年似的熱鬧愉快
	□ 趣味 しゅ み	愛好，喜好；興趣
	□ 光 ひかり	光明，希望
	□ 卒業式 そつぎょうしき	畢業典禮
	□ 楽しみ たの	樂，愉快，樂趣
	□ 楽しみ たの	希望，期望
	□ 嬉しい うれ	高興，快活，喜悅，歡喜
	□ お祝い いわ	祝賀，慶祝
	□ 笑う わら	笑，開心時的表情
	□ 楽しむ たの	期待，以愉快的心情盼望
	□ 楽しむ たの	樂，快樂；享受，欣賞
動かす うご 活動、操作	□ 運動 うんどう	（向大眾宣揚某思想的）運動，活動
	□ 運転 うんてん	開，駕駛，運轉，操作機械使其工作，亦指機械轉動
	□ 折る お	折疊
	□ 点ける つ	打開
	□ 捕まえる つか	捉住動物，逮住；捕捉動物或犯人
	□ 打つ う	使勁用某物撞他物，打，擊，拍，碰
	□ 捨てる す	置之不理，不顧，不理
	□ 投げる な	投，拋，扔，擲
	□ 踏む ふ	踏，踩，踐踏；跺腳
	□ 動く うご	有目的的行動
	□ 落とす お	使降落，弄下，往下投，摔下

つぎの文章を読んで、質問に答えてください。答えは、1・2・3・4から、いちばんいいものを一つえらんでください。

　きょうのお昼は、①レストランで食事をしました。友だちのお兄さんが以前アルバイトしていたアメリカ料理のレストランです。きょうはそのお兄さんがご馳走してくれるということで、友だちと3人で行きました。お兄さんが前からよく「ここは値段は安くて、量も多いし、すごくおいしいんですよ。」と言っていたので、行く前からとても楽しみでした。それに、これまでアメリカ料理のレストランには行ったことがなかったので、どんな料理があるのか、とても興味がありました。

　はじめにスープとサラダが出てきました。どちらもとてもおいしかったので、すぐに食べ終わりました。そのあと、お肉が出てきました。すごく大きかったので、びっくりしましたが、お兄さんが「これは、このお店でいちばん小さいサイズなんですよ。」と言ったので、もっと驚きました。お肉はとてもおいしかったのですが、どんなに頑張っても、②半分しか食べられませんでした。そのあと、デザートにケーキとアイスクリームもありましたが、わたしと友だちはもうおなかいっぱいで入りませんでした。でも、お兄さんは両方とも一口で食べてしまいました。わたしはそれを見て、③すごいなと思いました。

30　どんな①レストランに行きましたか。

　1　アメリカにあるレストラン

　2　友だちのお兄さんがアルバイトしているレストラン

　3　アメリカ料理が食べられるレストラン

　4　値段があまり安くないレストラン

31　「わたし」が全部食べたのはどれですか。

　1　スープとサラダ

　2　スープとお肉

　3　サラダとお肉

　4　お肉とケーキ

32　②半分しか食べられませんでしたとありますが、なぜですか。

　1　スープとサラダをたくさん食べ過ぎたので。

　2　あまりおいしくなかったので。

　3　お肉が「わたし」には大き過ぎたので。

　4　デザートのケーキとアイスクリームを食べたかったので。

33　③すごいなと思いましたとありますが、何をすごいと思いましたか。

　1　アメリカ料理がとてもおいしかったこと。

　2　お兄さんがとてもたくさん食べたこと。

　3　わたしがケーキもアイスクリームも食べなかったこと。

　4　料理の値段がとても安かったこと。

つぎの文章を読んで、質問に答えてください。答えは、1・2・3・4から、いちばんいい
ものを一つえらんでください。

きょうのお昼は、①レストランで食事をしました。友だちのお兄さんが以前 〔30題
關鍵句〕
アルバイトしていたアメリカ料理のレストランです。きょうはそのお兄さんが
ご馳走してくれるということで、友だちと3人で行きました。お兄さんが前か
└文法詳見 P174
らよく「ここは値段は安くて、量も多いし、すごくおいしいんですよ。」と言っ
ていたので、行く前からとても楽しみでした。それに、これまでアメリカ料理
のレストランには行ったことがなかったので、どんな料理があるのか、とても
興味がありました。

はじめにスープとサラダが出てきました。どちらもとてもおいしかったの 〔31題
關鍵句〕
で、すぐに食べ終わりました。そのあと、お肉が出てきました。すごく大きかっ 〔32題
關鍵句〕
たので、びっくりしましたが、お兄さんが「これは、このお店でいちばん小さ
└文法詳見 P174
いサイズなんですよ。」と言ったので、もっと驚きました。お肉はとてもおい
しかったのですが、どんなに頑張っても、②半分しか食べられませんでした。 〔33題
└文法詳見 P174　關鍵句〕
そのあと、デザートにケーキとアイスクリームもありましたが、わたしと友だ
ちはもうおなかいっぱいで入りませんでした。でも、お兄さんは両方とも一口
で食べてしまいました。わたしはそれを見て、③すごいなと思いました。
└文法詳見 P174

□ アルバイト【(德)
　arbeit】打工
□ ご馳走 請客；招待
□ 値段 價位；價錢
□ 楽しみ 期待
□ スープ【soup】湯
□ 食べ終わる 吃完
□ お肉 肉
□ びっくり 嚇一跳
□ サイズ【size】大
　小；尺寸
□ 半分 一半

□ 両方 兩個；兩者
□ すごい 厲害

請閱讀下列文章並回答問題。請從選項 1．2．3．4 當中選出一個最恰當的答案。

　　今天中午我在①餐廳吃飯。這是我朋友的哥哥以前打工過的美式餐廳。今天這位哥哥說要請我們吃飯，所以加上朋友，我們 3 人一起去。朋友的哥哥以前就常說「這裡價位雖然很便宜，不過份量很多，很好吃喔」，所以我在去之前就非常期待。再加上我從來都沒去過美式餐廳，不知會有什麼料理，因此我更是感興趣。

　　一開始端上桌的是湯和沙拉。兩道都非常美味，所以我很快就吃完了。之後上桌的是肉。肉大到我嚇了一跳，不過朋友的哥哥卻說：「這是這家店最小塊的喔」，更是讓我大吃一驚。肉的味道雖然很棒，可是不管我怎麼努力，②還是只吃了一半。之後雖然也有蛋糕和冰淇淋等甜點，但我和朋友肚子實在是太撐了，根本吃不下。不過，朋友的哥哥兩樣都一口吃光，看到那情景，③我實在是佩服不已。

段落主旨

第一段	交代上餐廳的理由，以及光顧前的心情。
第二段	敘述整個吃飯的過程。

Answer　3

30　どんな①レストランに行きましたか。

1　アメリカにあるレストラン
2　友だちのお兄さんがアルバイトしているレストラン
3　アメリカ料理が食べられるレストラン
4　値段があまり安くないレストラン

30　請問他們去的是怎樣的①餐廳呢？

1　位在美國的餐廳
2　朋友的哥哥現在打工的餐廳
3　可以吃到美式料理的餐廳
4　價位不便宜的餐廳

Answer　1

31　「わたし」が全部食べたのはどれですか。

1　スープとサラダ
2　スープとお肉
3　サラダとお肉
4　お肉とケーキ

31　請問「我」全部吃光的是哪幾道？

1　湯和沙拉
2　湯和肉
3　沙拉和肉
4　肉和蛋糕

Answer　3

32　②半分しか食べられませんでしたとありますが、なぜですか。

1　スープとサラダをたくさん食べ過ぎたので。
2　あまりおいしくなかったので。
3　お肉が「わたし」には大き過ぎたので。
　　　　　　　　　　　　　└文法詳見 P175
4　デザートのケーキとアイスクリームを食べたかったので。

32　文章提到②只吃了一半，請問是為什麼呢？

1　因為吃了太多湯和沙拉。
2　因為不怎麼好吃。
3　因為肉對「我」來説太大了。
4　因為想吃甜點的蛋糕和冰淇淋。

Answer　2

33　③すごいなと思いましたとありますが、何をすごいと思いましたか。

1　アメリカ料理がとてもおいしかったこと。
2　お兄さんがとてもたくさん食べたこと。
3　わたしがケーキもアイスクリームも食べなかったこと。
4　料理の値段がとても安かったこと。

33　文章提到③我實在是佩服不已，請問是對什麼感到佩服呢？

1　美式料理十分好吃。
2　朋友的哥哥吃很多。
3　我吃不下蛋糕和冰淇淋。
4　料理的價位非常便宜。

解題攻略

文章第一段提到「きょうのお昼は、レストランで食事をしました。友だちのお兄さんが以前アルバイトしていたアメリカ料理のレストランです」（今天中午我在餐廳吃飯。這是我朋友的哥哥以前打工過的美式餐廳），可知正確答案是 3。

選項 2 是陷阱，時態是「アルバイトしている」，意思是現在還在打工。不過原文是「アルバイトしていた」（以前打工過），所以錯誤。

第二段開頭說明作者把「スープとサラダ」（湯和沙拉）全部吃光，接著又提到「お肉は…半分しか食べられませんでした」（肉…只吃了一半）、「デザートにケーキとアイスクリーム…もうおなかいっぱいで入りませんでした」（蛋糕和冰淇淋等甜點…肚子實在是太撐了，根本吃不下），由此可知正確答案是 1。

這一題要掌握上菜的內容以及料理的敘述，另外還要注意作者吃了哪些東西。

「お肉はとてもおいしかった…、半分しか食べられませんでした」（肉的味道很棒…，還是只吃了一半），指出肉只吃一半，而且它很好吃，因此選項 2 是錯的。

這一題問題關鍵在「なぜ」（為什麼），這是用來詢問理由的疑問詞。可以先找出劃線部分②，再從上下文去推敲原因。

解題關鍵在「そのあと、お肉が出てきました。すごく大きかったので、びっくりしました」（之後上桌的是肉。肉大到我嚇了一跳），推斷這就是吃不完的原因。正確答案是 3。

關鍵在「デザートにケーキとアイスクリームもありましたが、わたしと友だちは…でも、お兄さんは両方とも一口で食べてしまいました」（也有蛋糕和冰淇淋等甜點，但我和朋友…不過，朋友的哥哥兩樣都一口吃光）。「わたし」佩服不已的就是這一點。

對比句型「Aは〜。でも、Bは〜」（A是…。不過B卻是…）的重點擺在後面的B。所以這句話重點是朋友的哥哥一口就把蛋糕和甜點吃光。

もんだい5　Reading

文法と萬用句型

【動詞て形】＋くれる。表示他人為我，或為我方的人做前項有益的事。

❶ ＿＿＿＿ ＋てくれる　（為我）做…

> **例句** 佐藤さんは仕事を1日休んで町を案内してくれました。
>
> 佐藤小姐向公司請假一天，帶我參觀了這座城鎮。

【動詞ます形】＋おわる。接在動詞ます形後面，表示前接動詞的結束、完了。

❷ ＿＿＿＿ ＋おわる　結束、完了

> **例句** レポートを書き終わりました。
>
> 把報告寫完了。

〔替換單字・短句〕
- □ ステーキを食べ　牛排吃
- □ 道具を片付け　道具收拾
- □ この本を読み　這本書讀

【形容詞く形】＋ても；【動詞て形】＋も；【名詞；形容動詞詞幹】＋でも。表示後項的成立，不受前項的約束，是一種假定逆接表現。

❸ ＿＿＿＿ ＋ても、でも　即使…也

> **例句** どんなに父が反対しても、彼と結婚します。
>
> 無論父親如何反對，我還是要和他結婚。

【動詞て形】＋しまう。表示動作或狀態的完成，或表示出現了說話人不願意看到的結果。

❹ ＿＿＿＿ ＋てしまう　…完；表感慨

> **例句** 部屋はすっかり片付けてしまいました。
>
> 房間全部整理（完）了。

〔替換單字・短句〕
- □ 小説は全部読んで　小説全看
- □ 試験に失敗して　考試失敗
- □ がんで死んで　得癌症過世

174

⑤ ＿＿＿＿＋すぎる　太…、過於…

例句 君ははっきり言いすぎる。

你講話太直白。

〔替換單字・短句〕

□ **自分に自信がなさ**　對自己（太）沒信心
□ **頭がよ**　頭腦（太）好

> 【[形容詞・形容動詞] 詞幹；動詞ます形】＋すぎる。表示程度超過限度，超過一般水平，過份的狀態。

常用的表達關鍵句

＊{ } 內也可自行帶入其他詞彙喔！

01 表示開始、結束

→ {突然、赤ちゃんが泣き} だしました／{小寶寶突然哇哇大哭} 了起來。

→ {季節が変わり} 始めた／{季節} 開始 {轉換} 了。

→ {この塾に5年間も通い} 続けました／{我在這家補習班} 持續 {上了5年之久}。

→ {かなりの大作であったが、一気に読み} 終わりました／{雖然是篇幅大的作品，但我還是一口氣讀} 完了。

02 表示時間

→ {会場の用意をしていっ} たところです／{正好在佈置會場} 的時候。

→ {これから大事な用事で出かける} ところだった／那時 {正要出門處理要事}。

→ {今、お祭りをし} ているところです／{現在} 正在 {舉辦祭典}。

→ {予習を始め} たばかりです／現在才剛要 {開始預習}。

03 表示引用

→ {老人ホームに父を入れた日、父は「帰りたい」} と言いました／{帶父親住進養老院的那天，父親對我} 說：「{我想回家。}」

→ {部下に書類を10部ずつコピーしておく} よに（と）言いました／交代了 {下屬} 說，要 {將資料影印10份備用}。

→ {日本では赤飯は縁起の良い食べ物} と言われている／據說 {在日本，象徵著慶祝和喜事，被視為是十分吉祥的食物}。

→ 一般に {これを身に付けていれば願いが叶う} と言われている／一般都說 {將它配戴在身上，願望就會實現}。

→ {火事の原因はまだわからない} と聞いている／聽說 {目前還不清楚起火的原因}。

關鍵字記單字

▶關鍵字	▶▶▶單字	
働く はたら 工作、勞動	□ パート【part】	打工，短時間勞動，部分時間勞動
	□ アルバイト【(徳)arbeit】	打工
	□ 用事 ようじ	事，事情
	□ 用 よう	事情

驚く おどろ 感到驚訝、意外	□ あっ	啊，呀，哎呀，感動時或吃驚時發出的聲音
	□ けれど・けれども	雖然…可是，但是，然而
	□ 割合に わりあい	表示與其基準相比不符；雖然…但是；等同於「けれど」
	□ びっくり	吃驚，嚇一跳
	□ 凄い すご	可怕的，駭人的；陰森可怕的
	□ 怖い こわ	令人害怕的；可怕的
	□ 驚く おどろ	嚇；驚恐，驚懼，害怕，吃驚嚇了一跳；驚訝；驚奇；驚歎，意想不到，感到意外

構う かま 顧及、照顧	□ お見舞い みま	慰問
	□ 心配 しんぱい	操心，費心；關照；張羅，介紹
	□ 世話 せわ	照料，照顧，照應，照看，照管；幫助，幫忙，援助
	□ 主人 しゅじん	接待他人的主人
	□ 御馳走 ごちそう	款待，請客
	□ 構う かま	管；顧；介意；理睬；干預
	□ 捨てる す	拋棄，斷念，遺棄，斷絕關係
	□ 叱る しか	責備，批評
	□ 怒る おこ	申斥，怒責
	□ 笑う わら	嘲笑；取笑
	□ 子育て こそだ	育兒，撫育、撫養孩子

つぎの文章を読んで、質問に答えてください。答えは、1・2・3・4から、いちばんいいものを一つえらんでください。

　先日の新聞に、日本人が1日にテレビを見る時間は約4時間と書いてあったので、ちょっとびっくりしました。わたしの家では、テレビを見る時間はそれほど長くないからです。朝はたいていテレビはつけずに、ラジオを聞きながら、ごはんを食べます。おじいちゃんとおばあちゃんは、わたしたちが出かけたあとで、テレビをつけるそうですが、それでも朝のうちの1時間ぐらいしか見ていないそうです。

　わたしは学校から帰ると、すぐに宿題をします。それから、ピアノの練習をしたりしますので、夕方はいつもテレビを見る時間がありません。弟はまだ幼稚園で、宿題はありませんので、おじいちゃんと公園に行ったり、おもちゃで遊んだりしています。夜、お母さんが晩ごはんを作っているあいだ、わたしは弟といっしょにテレビのアニメを30分間だけ見ます。わたしと弟がテレビを見るのは1日にこのときしかありません。そのあいだ、お父さんはたいてい新聞を読んだり、雑誌を読んだりしています。お父さんとお母さんは晩ごはんを食べておふろに入ったあと、二人でニュースを1時間だけ見ます。このように、わたしの家では、テレビを見る時間はあまり長くありません。

[30] ちょっとびっくりしましたとありますが、なぜですか。

1　新聞にテレビのニュースが書いてあったので。

2　自分のうちではテレビを見る時間はそれほど長くないので。

3　日本人がテレビを見る時間はもっと長いと思っていたので。

4　家族ひとりひとりがテレビを見る時間はだいたい決まっているので。

[31] 朝はだれがテレビを見ますか。

1　ごはんを食べながら、みんなで見ます。

2　わたしだけが学校に行く前に見ます。

3　お父さんだけが会社に行く前に見ます。

4　みんなが出かけたあとで、祖父と祖母が見ます。

[32] この人は学校から帰ったあと、いつも何をしますか。

1　宿題をしてから、弟と遊びます。

2　宿題をしてから、ピアノの練習します。

3　ピアノの練習のあとで、宿題をします。

4　弟といっしょに宿題をしてから、遊びに行きます。

[33] この人の家族は夜はいつもどのように過ごしますか。

1　お母さんはごはんを作りながら、わたしや弟といっしょにテレビを見ます。

2　お母さんがごはんを作っているあいだ、わたしと弟は30分ぐらいテレビを見ます。

3　お母さんがごはんを作っているあいだ、わたしと弟は宿題をします。

4　お母さんがごはんを作っているあいだ、お父さんはわたしや弟といっしょにテレビを見ます。

つぎの文章を読んで、質問に答えてください。答えは、1・2・3・4から、いちばんいいものを一つえらんでください。

先日の新聞に、日本人が1日にテレビを見る時間は約4時間と書いてあったので、ちょっとびっくりしました。わたしの家では、テレビを見る時間はそれほど長くないからです。朝はたいていテレビはつけずに、ラジオを聞きながら、ごはんを食べます。おじいちゃんとおばあちゃんは、わたしたちが出かけたあとで、テレビをつけるそうですが、それでも朝のうちの1時間ぐらいしか見ていないそうです。

わたしは学校から帰ると、すぐに宿題をします。それから、ピアノの練習をしたりしますので、夕方はいつもテレビを見る時間がありません。弟はまだ幼稚園で、宿題はありませんので、おじいちゃんと公園に行ったり、おもちゃで遊んだりしています。夜、お母さんが晩ごはんを作っているあいだ、わたしは弟といっしょにテレビのアニメを30分間だけ見ます。わたしと弟がテレビを見るのは1日にこのときしかありません。そのあいだ、お父さんはたいてい新聞を読んだり、雑誌を読んだりしています。お父さんとお母さんは晩ごはんを食べておふろに入ったあと、二人でニュースを1時間だけ見ます。このように、わたしの家では、テレビを見る時間はあまり長くありません。

30題 關鍵句
31題 關鍵句
32題 關鍵句
33題 關鍵句

（文法詳見 P184）

□ 先日　前幾天
□ 新聞　報紙
□ おじいちゃん　爺爺
□ おばあちゃん　奶奶
□ 出かける　出門
□ それから　接著
□ ピアノ【piano】鋼琴
□ 練習　練習
□ いつも　總是
□ ～あいだ　…的時候
□ アニメ【animation之略】
　卡通；動畫

□ そのあいだ　在那段時間
□ ニュース【news】新聞
□ もっと　更…
□ 祖父　祖父
□ 祖母　祖母

請閱讀下列文章並回答問題。請從選項 1・2・3・4 當中選出一個最恰當的答案。

　　前幾天的報紙寫說，日本人一天看電視的時間大概是 4 個鐘頭。我有點驚訝。因為我家看電視的時間沒有那麼長。我們早上大多都不開電視，邊聽收音機邊吃飯。聽說爺爺和奶奶會在我們出門後打開電視，不過那也是只有在早上看一個鐘頭而已。

　　我放學回家後就立刻寫功課。接著會練練鋼琴之類的，傍晚總是沒時間看電視。我弟弟才在上幼稚園，他沒有功課，所以會和爺爺去公園散步，或是玩玩具。晚上媽媽在煮飯的時候，我和弟弟會一起看 30 分鐘的電視卡通。我和弟弟看電視的時間就只有這個時候。在這段時間裡，爸爸大多都是看報紙或雜誌。爸爸和媽媽吃完晚餐洗完澡後，兩人會一起看一小時的電視新聞。就像這樣，我家看電視的時間不怎麼長。

段落主旨

第一段	指出自己的家人看電視的時間不像平均時數那麼長。並說明爺爺奶奶一天只看一個鐘頭的電視。
第二段	敘述作者和其他家人傍晚、晚上的行程，以及各自看電視的時間。

もんだい5　Reading

---

30 <u>ちょっとびっくりしました</u>とあり
ますが、なぜですか。

1 新聞にテレビのニュースが書いて
あったので。

2 自分のうちではテレビを見る時間
はそれほど長くないので。

3 日本人がテレビを見る時間はもっ
と長いと思っていたので。

4 家族ひとりひとりがテレビを見る時
間はだいたい決まっているので。

30 文章提到我有點驚訝，請問是為
什麼呢？

1 因為報紙上寫了電視的新聞。

2 因為自己家看電視的時間沒那麼
長。

3 因為覺得日本人看電視的時間應
該更長。

4 因為家裡每個人看電視的時間大
致上都很固定。

---

31 朝はだれがテレビを見ますか。

1 ごはんを食べながら、みんなで見ます。

2 わたしだけが学校に行く前に見ます。

3 お父さんだけが会社に行く前に見ます。

4 みんなが出かけたあとで、祖父と
祖母が見ます。

31 請問早上是誰在看電視？

1 大家一起邊吃飯邊看。

2 只有我上學前看。

3 只有爸爸上班前看。

4 等大家都出門後，祖父和祖母才
看。

---

32 この人は学校から帰ったあと、いつ
も何をしますか。

1 宿題をしてから、弟と遊びます。

2 宿題をしてから、ピアノの練習します。

3 ピアノの練習のあとで、宿題をします。

4 弟といっしょに宿題をしてから、
遊びに行きます。

32 請問這個人放學回家後都在做些
什麼呢？

1 功課做完後和弟弟玩。

2 功課做完後練習彈鋼琴。

3 練習完鋼琴後寫功課。

4 和弟弟一起寫功課，然後出去玩。

---

33 この人の家族は夜はいつもどのよ
うに過ごしますか。

1 お母さんはごはんを作りながら、わた
しや弟といっしょにテレビを見ます。

2 お母さんがごはんを作っているあいだ、わ
たしと弟は30分ぐらいテレビを見ます。

3 お母さんがごはんを作っているあい
だ、わたしと弟は宿題をします。

4 お母さんがごはんを作っているあい
だ、お父さんはわたしや弟といっ
しょにテレビを見ます。

33 請問這個人的家人晚上都是怎麼
度過的呢？

1 媽媽邊做飯邊和我、弟弟一起看
電視。

2 媽媽在做飯的這段時間，我和弟
弟會看 30 分鐘左右的電視。

3 媽媽在做飯的這段時間，我和弟
弟會寫功課。

4 媽媽在做飯的這段時間，爸爸和
我、弟弟一起看電視。

解題攻略

劃線部分後面接著用「～からです」説明了理由：「わたしの家では、テレビを見る時間はそれほど長くないからです」（因為我家看電視的時間沒有那麼長），指出作者之所以會驚訝，是因為自己家看電視的時間沒那麼長。正確答案是 2。

問題關鍵是「なぜ」（為什麼），詢問劃線處的原因理由，可以找找看劃線處的上下文是否有表示原因「ので」（因為）或「から」（因為），答案就在這裡。

第一段最後一句提到「朝は…。おじいちゃんとおばあちゃんは、わたしたちが出かけたあとで、テレビをつけるそうですが、…」（我們早上…。聽説爺爺和奶奶會在我們出門後打開電視，…），指出早上看電視的人是「おじいちゃんとおばあちゃん」（爺爺和奶奶），正確答案是 4。

「だれが」（誰）是指「由誰來做這件事」。要注意主詞和時間點「朝」（早上）。
「おじいちゃんとおばあちゃん」＝「祖父と祖母」，都是「爺爺和奶奶」的意思。

「この人」是指作者。文中寫道「わたしは学校から帰ると、すぐに宿題をします。それから、ピアノの練習をしたりしますので、夕方はいつもテレビを見る時間がありません」（我放學回家後就立刻寫功課。接著會練練鋼琴之類的，傍晚總是沒時間看電視）。可知作者的行程是「宿題をする→ピアノの練習をする」（做功課→練習彈鋼琴）。正確答案是 2。

「それから」（在這之後）用於強調事情先後順序，表示先完成前項動作，再去做後項動作，由此可知寫完功課之後才練習彈琴。
「～てから」和「～あとで」都和「それから」一樣，有強調先後順序的作用。

第二段中間提到「夜、お母さんが晩ごはんを作っているあいだ、わたしは弟といっしょにテレビのアニメを30分間だけ見ます。…そのあいだ、お父さんはたいてい新聞を読んだり、雑誌を読んだりしています」（晚上媽媽在煮飯的時候，我和弟弟一起看30分鐘的電視卡通。…在這段時間裡，爸爸大多都是看報紙或雜誌），由此可知正確答案是 2。

「～あいだ」（…期間）表示某個動作持續的這段時間當中發生了某件事情，或是進行某個動作。

文法と萬用句型

【動詞否定形（去ない）】＋ず（に）。表示以否定的狀態或方式來做後項的動作，或產生後項的結果。當動詞為サ行變格動詞時，要用「せずに」。

❶ ＿＿＿＿ ＋ず（に）　　不…地、沒…地

例句 太郎は勉強せずに遊んでばかりいる。

太郎不讀書都在玩。

【［名詞・形容詞・形容動詞・動詞］普通形】＋そうだ。表示傳聞。不是自己直接獲得的，而是從別人那裡、報章雜誌或信上等處得到該信息。表示信息來源的時候，常用「～によると」（根據）或「～の話では」（説是…）等形式。

❷ ＿＿＿＿ ＋そうだ　　聽説…、據説…

例句 ここは昔、5万人もの人が住んでいたそうだ。

據説這地方從前住了多達5萬人。

【［名詞・形容詞・形容動詞・動詞］普通形（只能用在現在形及否定形）】＋と。表示反覆的習慣，也表示陳述人和事物的一般條件關係，常用在機械的使用方法、説明路線、自然的現象及反覆的習慣等情況，此時不能使用表示説話人的意志、請求、命令、許可等語句。

❸ ＿＿＿＿ ＋と　　一…就

例句 毎年、夏になるとハワイに行きます。

每年一到夏天就會去夏威夷。

例句 雪が溶けると、春になる。

雪融化以後就是春天了。

〔替換單字・短句〕

□ 降る・静か　下（雪）・（變得）寂靜

□ 積もる・きれい　堆積・（變得）漂亮

● 小知識大補帖

▶ 今天看什麼節目？

　　身為現代人，生活幾乎離不開 "電視"。大家都知道電視的日語是「テレビ」，但你知道各種電視節目的日語該怎麼說嗎？「バラエティ番組」是綜藝節目，「トーク番組」是談話節目，電視購物節目叫做「テレビショッピング」，其他像是動畫片「アニメーション」、體育節目「スーポツ番組」、音樂節目「音楽番組」也都很常見。一般的連續劇可以說「テレビドラマ」，頗具日本特色的是「大河ドラマ」（大河劇），主要以歷史人物或時代為主題，多描述日本戰國時代或幕府的故事。

▶ 祖父祖母比一比

「お祖父さん」（祖父、老爺爺）：對祖父或外祖父的親切稱呼，或對一般老年男子的稱呼。

「祖父」（祖父）：父親的父親，或是母親的父親。

「お祖母さん」（祖母、老奶奶）：對祖母或外祖母的親切稱呼，或對一般老年婦女的稱呼。

「祖母」（祖母）：父親的母親，或是母親的母親。

小叮嚀：雖然「お祖父さん」和「祖父」的漢字一樣、「お祖母さん」和「祖母」的漢字一樣，但讀音大不相同！

常用的表達關鍵句

＊{ } 內也可自行帶入其他詞彙喔！

01 表示聽說、據說

→ {聞いた話によると、この辺は昔海だった} そうです／{據傳聞說，這一帶以前} 似乎 {曾是一片汪洋大海}。

→ {怒りは毒である} という {教えがある} そうです／聽說 {有人主張憤怒會產生毒素} 之類 {的說法}。

→ {努力が実って大学に合格した} ということだ／聽說 {他考上了大學，努力終於有了回報}。

→ {これには二つの主な原因がある} と言われています／人們說 {造成這樣的情況，有兩個主要的原因}。

02 表示並列

→ {老後} も {心配だ} し、{近い将来} も {不安だなあ}／既{擔心老年的生活，對於不久的將來} 也 {是憂心忡忡}。

→ {喜ん} だり {悲しん} だりして、{忙しいね}／一下{開心} 一下{難過的}，{你可真忙呀}。

→ {歴史} とか {数学} とか {の科目が好きです}／{我喜歡} 像{歷史} 或{數學這類的科目}。

03 表示條件、假設

→ {コンビニがない} と {とても不便です}／一旦{沒有便利商店} 就{會非常不便}。

→ {課長にならなく} でも {平気だ}／即使 {不當課長} 也 {沒有關係}。

04 表示比喻、例示

→ {その動きはまるでロボット} のようです／{那機械式的動作} 就像{機器人} 一樣。

→ {鳥} のように {空を飛びたい}／{我想} 像 {鳥兒} 一般 {翱翔天際}。

→ {赤ちゃん} のような {肌がほしい}／{真希望能擁有} 像 {寶寶} 一樣 {柔嫩的肌膚}。

關鍵字記單字

▶關鍵字　　　　　▶▶▶單字

聞く き 聽、答應、問	□ 音 おと	音，聲，聲音；音響，聲響
	□ ステレオ【stereo】	立體聲音響器材，身歷聲設備
	□ ラップ【rap】	説唱
	□ 宜しい よろ	沒關係，行，可以；表容許、同意
	□ 煩い うるさ	嘈雜，煩人的
	□ 調べる しら	審問，審訊
	□ 伺う うかが	打聽，聽到
	□ 聞こえる き	聽得見，能聽見，聽到，聽得到，能聽到

鳴る な 鳴、響	□ ベル【bell】	鈴，電鈴；鐘
	□ 糸 いと	（樂器的）弦，琴弦，箏，三弦，彈箏、三弦 （的人）
	□ ピアノ【piano】	鋼琴
	□ 調べる しら	調音；奏樂，演奏
	□ 鳴る な	鳴，響

遊ぶ あそ 遊玩	□ 遊び あそ	遊戲，玩耍
	□ 玩具 おもちゃ	玩具，玩意兒
	□ 人形 にんぎょう	娃娃，偶人；玩偶；傀儡
	□ 親 おや	撲克牌的莊家
	□ 打つ う	下（以敲打的動作做工作或事情）
	□ 踊る おど	跳舞，舞蹈
	□ 踊り おど	舞，舞蹈，跳舞
	□ 水泳 すいえい	游泳
	□ 滑る すべ	（在物體表面）滑行，滑動
	□ 漫画 まんが	漫畫；連環畫；動畫片

▶ 一天24小時－上午

私は毎朝７時に起きます。
我每天早上 7 點起床。

いつもより30分早起きました。
比平常還早 30 分醒來。

毎朝寝坊をしていた。
每天早上都賴床。

起きたらすぐ顔を洗います。
起床後立刻去洗臉。

学校へ行く前に、犬の散歩に行きます。
上學之前，先帶小狗去散步。

朝はパンと牛乳でした。
今天早上吃麵包配牛奶。

どの服を着るか決められなくて。
打不定主意要穿哪件衣服。

朝をちゃんと食べなくてはだめですよ。
要確實吃早餐才行哦！

月曜日の朝はずっと会議があります。
星期一整個早上都要開會。

私が起きたときは、姉はもう出かけていた。
我起床時，姐姐已經出門了。

もう少しで遅刻するところでした。
差一點就遲到了。

学校には8時に着きます。
我會在8點時抵達學校。

▶ 一天24小時－下午

昼ご飯は12時15分ごろ食べます。
我在中午 12 點 15 分左右吃午餐。

お昼はいつもお弁当です。
午餐總是吃便當。

今朝から何も食べてません。
我從一早到現在都還沒吃東西。

昼ご飯はコンビニで買います。
在便利商店買午餐。

放課後はサッカークラブに行きます。
放學後去參加足球的社團活動。

昼ご飯までに帰ってきなさい。
請在吃午餐前回來。

ちょっと昼寝をします。
我要睡一會午覺。

昼のニュースが始まります。
午間新聞要開始播報了。

今日の講義は昼からです。
今天的課程從中午開始。

昼休みが1時間あります。
午休時間有一個小時。

今日は残業することになりそうです。
今天恐怕得留下來加班。

▶ 一天24小時－晚上

家に帰ったらすぐ風呂に入ります。
一到家後立刻去洗澡。

お風呂に入ってから、夕飯を食べます。
洗完澡後才吃晚餐。

7時ごろ晩ご飯を食べます。
約 7 點左右吃晚餐。

夕飯は家族と食べます。
我和家人一起吃晚餐。

夕食にステーキを食べた。
晚餐吃了牛排。

家に帰るとまず宿題をします。
一回到家以後，首先寫功課。

私は毎日 8 時からドラマを見ます。
我每天 8 點開始看連續劇。

仕事のあと、飲みに行きます。
下班後會去喝兩杯。

寝る前に、いつも日記をつける。
我習慣在睡前寫日記。

寝る前に歯を磨きます。
睡前會刷牙。

ゆうべ歯を磨かないで寝てしまった。
昨天晚上沒刷牙就睡著了。

寝る前に夜食を食べたくなった。
睡前突然想吃消夜。

彙整資訊

考前要注意的事

▶ 作答流程 & 答題技巧

| 閱讀說明 | 先仔細閱讀考題說明 |

| 閱讀問題與內容 | 預估有 2 題 |

1 表格等文章一看很難，但只要掌握原則就容易了。首先看清提問的條件，接下來快速找出符合該條件的內容在哪裡。

2 閱讀經過改寫後的約 400 字的簡介、通知、傳單等資料中，測驗能否從其中找出需要的訊息。

3 最後，注意有無提示「例外」的地方。不需要每個細項都閱讀。

4 平常可以多看日本報章雜誌上的廣告、傳單及手冊，進行模擬練習。

| 答題 | 選出正確答案 |

つぎのA「コンサートのスケジュール表」とB「週末の予定」を見て、質問に
答えてください。答えは、1・2・3・4からいちばんいいものを一つえらん
でください。

34 つよし君の家族が3人で行くことができるコンサートは
どれですか。

1　子どもの歌
2　演歌人気20曲
3　アニメの歌
4　カラオケ人気20曲

35 つよし君のパパは、外国の音楽を聴くのが趣味です。パ
パが行くことができるコンサートで、パパの趣味にいち
ばん合うのはどれですか。

1　世界の歌
2　カラオケ人気20曲
3　アニメの歌
4　アメリカの歌

A　コンサートのスケジュール表

日時	コンサート
5月12日	
10：00～11：30	子どもの歌
13：00～14：30	アメリカの歌
15：30～17：30	演歌人気20曲
5月13日	
10：00～11：30	アニメの歌
13：00～14：30	カラオケ人気20曲
15：30～17：30	世界の歌

B　週末の予定

	11日（金）	12日（土）	13日（日）
パパ	夜：お食事会	午前：なし 午後：なし	午前：なし 午後：ゴルフ
ママ	夜：なし	午前：なし 午後：なし	午前：テニス 午後：買い物
つよし君	夜：塾	午前：なし 午後：サッカー	午前：なし 午後：なし

つぎのA「コンサートのスケジュール表」とB「週末の予定」を見て、質問に答えてください。答えは、1・2・3・4からいちばんいいものを一つえらんでください。

A　コンサートのスケジュール表

日時（にちじ）	コンサート
5月12日（がつ　にち）	
10：00～11：30	子どもの歌（こ　うた）
13：00～14：30	アメリカの歌（うた）
15：30～17：30	演歌人気20曲（えんか　にんき　きょく）
5月13日（がつ　にち）	
10：00～11：30	アニメの歌（うた）
13：00～14：30	カラオケ人気20曲（にんき　きょく）
15：30～17：30	世界の歌（せかい　うた）

34 題 關鍵句

B　週末の予定（しゅうまつ　よてい）

35 題 關鍵句

	11日（金）（にち　きん）	12日（土）（にち　ど）	13日（日）（にち　にち）
パパ	夜：お食事会（よる　しょくじかい）	午前：なし（ごぜん） 午後：なし（ごご）	午前：なし（ごぜん） 午後：ゴルフ（ごご）
ママ	夜：なし（よる）	午前：なし（ごぜん） 午後：なし（ごご）	午前：テニス（ごぜん） 午後：買い物（ごご　か　もの）
つよし君（くん）	夜：塾（よる　じゅく）	午前：なし（ごぜん） 午後：サッカー（ごご）	午前：なし（ごぜん） 午後：なし（ごご）

34 題 關鍵句

□ コンサート【concert】
演唱會

□ スケジュール表（ひょう）
【schedule表】場次表

□ 演歌（えんか）演歌

□ 人気（にんき）人氣；受歡迎

□ カラオケ【から+orchestra
之略】KTV

□ 食事会（しょくじかい）餐會

□ なし 無

□ ゴルフ【golf】高爾夫球

□ テニス【tennis】
網球

□ 塾（じゅく）補習班

□ 趣味（しゅみ）興趣

□ 合う（あ）符合

請閱讀下列的 A「演唱會場次表」和 B「週末行程」並回答問題。請從選項 1・2・3・4 當中選出一個最恰當的答案。

A　演唱會場次

日期時間	演唱會
5月12日	
10：00〜11：30	兒歌
13：00〜14：30	美國歌謠
15：30〜17：30	演歌20首排行榜金曲
5月13日	
10：00〜11：30	卡通歌
13：00〜14：30	KTV人氣20曲
15：30〜17：30	世界金曲

B　週末行程

	11日（五）	12日（六）	13日（日）
爸爸	晚上：聚餐	上午：無 下午：無	上午：無 下午：高爾夫
媽媽	晚上：無	上午：無 下午：無	上午：網球 下午：購物
小剛	晚上：補習	上午：無 下午：足球	上午：無 下午：無

Answer **1**

[34] つよし君の家族が３人で行くことができるコンサートはどれですか。

1　子どもの歌
2　演歌人気20曲
3　アニメの歌
4　カラオケ人気20曲

[34] 請問小剛一家三口都能去的演唱會是哪一場呢？

1　兒歌
2　演歌 20 首排行榜金曲
3　卡通歌
4　KTV 人氣 20 曲

Answer **4**

[35] つよし君のパパは、外国の音楽を聴くのが趣味です。パパが行くことができるコンサートで、パパの趣味にいちばん合うのはどれですか。

1　世界の歌
2　カラオケ人気20曲
3　アニメの歌
4　アメリカの歌

[35] 小剛的爸爸興趣是聽外國音樂。在爸爸能去的演唱會當中，請問最符合他興趣的是哪一場呢？

1　世界金曲
2　KTV 人氣 20 曲
3　卡通歌
4　美國歌謠

解題攻略

　　題目問「どれ」（哪），因此必須選出一個最正確的。

　　從表Ａ可以發現演唱會只有週六和週日兩天，所以可以直接略過表Ｂ的週五行程，而週六、週日的行程當中只有週六上午是爸爸、媽媽和小剛3人都有空的時段。再看表Ａ，發現週六上午的演唱會是兒歌，所以正確答案是1。

> 作答方式是先從表Ｂ找出全家人都有空的時段，再來對應表Ａ的時間。

補充單字 老幼與家人

- □ 祖父 （そふ） 祖父，外祖父
- □ 祖母 （そぼ） 祖母，外祖母
- □ 親 （おや） 父母；祖先
- □ 夫 （おっと） 丈夫
- □ 主人 （しゅじん） 老公；主人
- □ 妻 （つま） 妻子，太太
- □ 家内 （かない） 妻子
- □ 子 （こ） 孩子
- □ 赤ちゃん （あか） 嬰兒
- □ 赤ん坊 （あかんぼう） 嬰兒；不諳世事的人

　　從表Ｂ可以得知小剛爸爸有空的時間是12日（六）上午、下午，以及13日（日）的上午，這3個時段分別對應到表Ａ的「子どもの歌」（兒歌）、「アメリカの歌」（美國歌謠）、「演歌人気20曲」（演歌20首排行榜金曲）、「アニメの歌」（卡通歌）這4場演唱會，其中是外國音樂的只有「アメリカの歌」（美國歌謠），所以正確答案是4。

> 先從表Ｂ找出小剛的爸爸有空的時間，再從表Ａ找出外國音樂。

補充單字 體育與競賽

- □ 運動 （うんどう） 運動；活動
- □ テニス【tennis】 網球
- □ テニスコート【tennis court】 網球場
- □ 力 （ちから） 力氣；能力
- □ 柔道 （じゅうどう） 柔道
- □ 水泳 （すいえい） 游泳

つぎのＡ「今月の星座占い」とＢ「今月の血液型占い」を見て、質問に答えてください。答えは、１・２・３・４からいちばんいいものを一つえらんでください。

[34] 今月、旅行へ行くといいのはどんな人ですか。

1　みずがめ座でＢ型の人

2　しし座でＯ型の人

3　おひつじ座でＡＢ型の人

4　おうし座でＡ型の人

[35] 今月、健康に気をつけたほうがいいのはどんな人ですか。

1　うお座でＢ型の人

2　てんびん座でＡＢ型の人

3　かに座でＯ型の人

4　さそり座でＡ型の人

A 【今月の星座占い】

順位	星座	アドバイス
1位	おひつじ座	チャンスがいっぱいあります。
2位	ふたご座	学校の勉強や仕事を頑張るといいです。
3位	やぎ座	なくしたものが見つかるかもしれません。
4位	みずがめ座	新しい友だちができそうです。
5位	しし座	一人でどこか遠くへ出かけてみましょう。
6位	うお座	嫌いな人とも話してみましょう。
7位	おうし座	失敗しても、早く忘れて、次に進みましょう。
8位	てんびん座	困ったことがあったら、友だちや家族に相談しましょう。
9位	かに座	小さいことを考え過ぎないようにしましょう。
10位	おとめ座	お金を使い過ぎる月になりそうです。
11位	いて座	わからないことがあったら、人に聞きましょう。
12位	さそり座	風邪をひきやすいですから、気をつけましょう。

B 【今月の血液型占い】

1位	B型	元気いっぱいに過ごすことができそうです。
2位	O型	遠くに住んでいる友だちに会いに行くと、うれしいことがあるでしょう。
3位	A型	おなかが痛かったり、頭が痛かったりすることが多くなりそうですから、健康に気をつけましょう。
4位	AB型	忘れものが多くなりそうなので、注意しましょう。

つぎのA「今月の星座占い」とB「今月の血液型占い」を見て、質問に答えてください。答えは、1・2・3・4からいちばんいいものを一つえらんでください。

A【今月の星座占い】

順位	星座	アドバイス
1位	おひつじ座	チャンスがいっぱいあります。
2位	ふたご座	学校の勉強や仕事を頑張るといいです。
3位	やぎ座	なくしたものが見つかるかもしれません。
4位	みずがめ座	新しい友だちができそうです。 └文法詳見 P204
5位	しし座	一人でどこか遠くへ出かけてみましょう。
6位	うお座	嫌いな人とも話してみましょう。
7位	おうし座	失敗しても、早く忘れて、次に進みましょう。
8位	てんびん座	困ったことがあったら、友だちや家族に相談しましょう。
9位	かに座	小さいことを考え過ぎないようにしましょう。
10位	おとめ座	お金を使い過ぎる月になりそうです。 └文法詳見 P204
11位	いて座	わからないことがあったら、人に聞きましょう。
12位	さそり座	風邪をひきやすいですから、気をつけましょう。 └文法詳見 P204

> 34 題 關鍵句（5位）
> 35 題 關鍵句（12位）

B【今月の血液型占い】

順位	血液型	
1位	B型	元気いっぱいに過ごすことができそうです。
2位	O型	遠くに住んでいる友だちに会いに行くと、うれしいことがあるでしょう。
3位	A型	おなかが痛かったり、頭が痛かったりすることが多くなりそうですから、健康に気をつけましょう。
4位	AB型	忘れものが多くなりそうなので、注意しましょう。

> 34 題 關鍵句（1位）
> 35 題 關鍵句（2位）

- □ 健康 健康
- □ 星座 星座
- □ 占い 占卜
- □ 順位 排名

- □ チャンス【chance】機會
- □ 失敗 失敗
- □ 相談 商量；溝通
- □ 血液型 血型

請閱讀下列的Ａ「本月星座運勢」和Ｂ「本月血型占卜」並回答問題。請從選項１‧２‧３‧４當中選出一個最恰當的答案。

Ａ【本月星座運勢】

排名	星座	建議
第1名	牡羊座	機會很多。
第2名	雙子座	學校課業或工作可以努力看看。
第3名	摩羯座	或許能找回失物。
第4名	水瓶座	能結交到新朋友。
第5名	獅子座	獨自去遠處的哪裡晃晃吧。
第6名	雙魚座	也和討厭的人說說話吧。
第7名	金牛座	就算失敗也趕快忘掉，繼續前進吧。
第8名	天秤座	有煩惱就找朋友或家人商量吧。
第9名	巨蟹座	別太過在意小事。
第10名	處女座	這個月支出似乎會超過許多。
第11名	射手座	有不明白的事物就請教他人吧。
第12名	天蠍座	容易感冒，請小心。

Ｂ【本月血型占卜】

1位	Ｂ型	可以精神奕奕地度過這個月。
2位	Ｏ型	去探望遠方的友人，會有好事發生。
3位	Ａ型	這個月常常會肚子痛或是頭痛，所以請多注意健康。
4位	ＡＢ型	這個月常常忘東忘西，要小心。

もんだい6　Reading

- `Answer` **2**

34 今月、旅行へ行くといいのは
どんな人ですか。

1　みずがめ座でB型の人
2　しし座でO型の人
3　おひつじ座でAB型の人
4　おうし座でA型の人

34 請問這個月適合去旅行的是哪
種人？

1　水瓶座 B 型的人
2　獅子座 O 型的人
3　牡羊座 AB 型的人
4　金牛座 A 型的人

- `Answer` **4**

35 今月、健康に気をつけたほう
がいいのはどんな人ですか。

1　うお座でB型の人
2　てんびん座でAB型の人
3　かに座でO型の人
4　さそり座でA型の人

35 請問這個月最好要注意健康的
是怎樣的人？

1　雙魚座 B 型的人
2　天秤座 AB 型的人
3　巨蟹座 O 型的人
4　天蠍座 A 型的人

解題攻略

選項 1，水瓶座的敘述「新しい友だちができそうです」（能結交到新朋友）和Ｂ型的敘述「元気いっぱいに過ごすことができそうです」（可以精神奕奕地度過這個月），與旅行都沒有關係。

選項 2，獅子座的敘述「一人でどこか遠くへ出かけてみましょう」（獨自去遠處的哪裡晃晃吧）和Ｏ型的敘述「遠くに住んでいる友だちに会いに行くと、うれしいことがあるでしょう」（去探望遠方的友人，會有好事發生）。兩者都說適合出遠門，正確答案是 2。

選項 3，牡羊座的敘述「チャンスがいっぱいあります」（機會很多）和ＡＢ型的敘述「忘れものが多くなりそう…」（常常忘東忘西…），與旅行都沒有關係。

選項 4，金牛座的敘述「失敗しても…」（就算失敗…）和Ａ型的敘述「…健康に気をつけましょう」（…請多注意健康），與旅行都沒有關係。

> 這一題問的是適合旅行的星座和血型，為了節省時間，可以用刪去法來作答。
>
> 在占卜或天氣預報中常常可以看到「～でしょう」（…吧）、「～そうだ」（似乎…）這些含有推測語氣的句型，乍聽之下會覺得每一句話都很不明確，不過這也反映出日語一大特色：委婉客觀，盡量不把話說死。

選項 1，雙魚座「嫌いな人とも話してみましょう」（也和討厭的人說說話吧）和Ｂ型「元気いっぱいに過ごす…」（精神奕奕地過…），都與注意健康無關。

選項 2，天秤座「困ったことがあったら…」（有煩惱的話…）和ＡＢ型「忘れものが多くなりそう…」（常常忘東忘西…），與注意健康都無關。

選項 3，巨蟹座「小さいことを考え過ぎないようにしましょう」（別太過在意小事）和Ｏ型「…友だちに会いに行く…」（去探望友人…），都與注意健康無關。

選項 4，天蠍座「風邪をひきやすいですから、気をつけましょう」（容易感冒，請小心）和Ａ型「おなかがいたかったり、頭がいたかったりすることが多くなりそうですから、健康に気をつけましょう」（這個月常常會肚子痛或是頭痛，所以請多注意健康）都有關於健康狀況，正確答案是 4。

> 這一題問的是要注意身體健康的星座和血型，建議用刪去法作答。

> 「～ようにする」（設法…）和「～ようになる」（變得…）很容易搞混，要記得「する」的語感是積極地去做、去改變，「なる」則是用在自然的變化。

もんだい6　Reading

✎ 文法と萬用句型

【動詞ます形】＋そうだ。表示很有可能發生某事態。

❶ ⬜⬜⬜＋そうだ　可能

> 例句　曇ってきた。雨が降りそうだ。
>
> 天變得陰沉了。可能要下雨了。

【[形容詞・形容動詞]詞幹；動詞ます形】＋すぎる。表示程度超過限度，超過一般水平，過份的狀態。

❷ ⬜⬜⬜＋すぎる　太…、過於…

> 例句　肉を焼きすぎました。
>
> 肉烤過頭了。

〔替換單字・短句〕
- □ 目・使い　眼睛・（過度）使用
- □ テレビ・見　電視・看（太多）

【動詞ます形】＋やすい。表示該行為、動作很容易做，該事情很容易發生，或是性質上很容易有那樣的傾向，與「〜にくい」相對。

❸ ⬜⬜⬜＋やすい　容易…、好…

> 例句　木綿の下着は洗いやすい。
>
> 棉質內衣容易清洗。

〔替換單字・短句〕
- □ この花は育て　這種花（容易）培育
- □ 秋は風邪をひき　秋天（容易）感冒
- □ このコンピューターは使い　這台電腦（很好）使用

✎ 小知識大補帖

▶ 去日本的神社求籤！

　　台灣人把算命或宗教看得比較重，而日本人對算命和宗教的態度則比較淡薄。如果想要預測自己的運勢的話，日本人除了到算命師那裡算命以外，也會到神社或寺廟求籤。近年來日本的神社和寺廟也逐漸成為觀光客去日本的必訪景點了。

　　不過許多外國觀光客在求籤時心裡都會有個疑問：「日本的神明聽得懂我的話嗎？」

　　雖說心誠則靈，但參拜求籤就是為求個心安，如果一直糾結在"神明懂不懂我的意思"這種問題上，不是反而更不安了嗎…。

　　「時間＋の＋名詞＋はどうですか。」（＿＿的＿＿如何？）只要用這句簡單的萬用句就可以囉！兩個空格可以填入以下替換單字：

「今年」（今年）／「運勢」（運勢）
「来年」（明年）／「金銭運」（財運）
「今月」（這個月）／「仕事運」（工作運）
「今週」（這星期）／「恋愛運」（戀愛運）

　　只要活用這句萬用句，下次去參拜求籤時就不必再擔心日本的神明不懂你的意思啦！而且，這句萬用句也可以在算命的時候使用唷！

▶ 血型占卜

　　在台灣，「星座占い」（星座占卜）已經很普遍了，然而在日本，比「星座占い」更受歡迎的是「血液型占い」（血型占卜）！

　　根據「血液型占い」的說法，Ａ型人的特性是「真面目」（認真）、「心配性」（愛操心）。Ｂ型人「マイペース」（我行我素）。Ｏ型人「熱血っぽい」（熱血）、做起事來「大雑把」（粗枝大葉）。ＡＢ型人則有「二面性がある」（雙重人格）的傾向，非常「ミステリアス」（神秘）。

　　不過說到底，這畢竟只是「疑似科学」（偽科學），可別太迷信啦！

常用的表達關鍵句

01 表示可能、可以、會、難易

→ {塗り} やすい {口紅} ／易於 {塗抹} 的 {口紅}。

→ {壊れ} にくい {玩具} ／不易 {損壞} 的 {玩具}。

→ {お料理も楽しむ} ことができる／{還} 能 {品嚐美味的料理}。

→ {日曜日は出かけ} られる／{星期天} 能夠 {外出}。

02 表示假說

→ {新幹線の自由席で故郷に帰る} かもしれない／{我} 可能 {會搭新幹線的自由座返鄉}。

→ {彼は、やさしいお医者さん} ではないだろうか／{他} 是位 {親切和善的醫生}。

03 表示提議、建議

→ {歯科医院には定期的に通う} ようにしましょう／建議 {定期到牙醫診所進行檢查}。

→ {いろいろあって疲れたなあ、そろそろ寝} よう／{發生好多事，真是累壞了呢，差不多該上床睡覺了} 吧！

→ {今日は菊のお花を飾} るといいです／{今天} 你最好 {擺上菊花做裝飾}。

→ {出産するなら、ここに引っ越し} たほうがいい／{預計要產子的話，} 最好 {般到這裡住}。

→ {高い着物は買わ} ないほうがいい／最好不要 {購買價格昂貴的和服}。

04 表示禁止

→ {先輩に遠慮する} な／不要 {跟前輩客氣}。

→ {犬や猫を苛め} てはいけない／不可以 {虐待貓狗等小動物}。

→ {決して嘘をつい} てはいけません／{絕對} 不許 {說謊}。

關鍵字記單字

▶關鍵字　　　▶▶▶單字

催す もよお 舉辦	□ 式 しき	式；典禮，儀式；婚禮
	□ 会 かい	為興趣、研究而組成的集會
	□ 宴会 えんかい	宴會
	□ 送別会 そうべつかい	餞別宴會，歡送會辭別宴會
	□ 合コン ごう	聯誼，男學生和女學生等兩個以上的小組聯合舉行的聯誼會
	□ コンサート 【concert】	音樂會，演奏會
	□ 展覧会 てんらんかい	展覽會
	□ 開く ひら	（事物、業務）開始；開張

止める・辞める や　　　や 中止、取消、放棄	□ 中止 ちゅうし	中止，停止進行
	□ 投げる な	放棄；不認真搞，潦草從事
	□ 止める や	停止，放棄，取消，作罷
	□ 辞める や	辭去，辭掉
	□ 下りる お	退出，停止參與事務
	□ 下りる お	退位，卸任，從職位上退下

ない 不、沒、缺、空	□ キャンセル 【cancel】	取消（合約等）；作廢
	□ 包む つつ	籠罩，覆蓋；隱沒；沉浸
	□ 無くす な	遺失
	□ 落とす お	失落，丟掉，遺失
	□ 欠ける か	（月亮的）缺，虧
	□ 欠ける か	缺少，欠，不足，不夠，缺額
	□ 下りる お	卸下，煩惱等沒了
	□ 無くなる な	沒了，消失

つぎのA「朝の特別メニュー」とB「500円ランチ」を見て、質問に答えてください。
答えは、1・2・3・4からいちばんいいものを一つえらんでください。

34 朝、会社に行く前はあまり時間がありません。そんなと
き、どれを注文するといいですか。

1　お子さまコース

2　お急ぎコース

3　ゆっくりコース

4　サンドイッチ

35 日曜日のお昼に、家族3人でさくら喫茶で食事をしまし
た。わたしと家内は500円ランチに紅茶を追加しました
が、子どもは甘いものも食べたいと言ったので、少し多
くお金がかかりました。3人でいくら払いましたか。

1　400円

2　1750円

3　1900円

4　2000円

さくら喫茶

A　朝の特別メニュー　（8：00〜11：30）

1　お子さまコース【パン、卵、サラダ、ジュース】350円

2　お急ぎコース【パン、卵、フルーツ、コーヒーか紅茶】
　400円（急いでいるお客様は、こちらをどうぞ）

3　ゆっくりコース【パン、卵、サラダ、フルーツ、コーヒー
　か紅茶（おかわり自由）】500円（ゆっくりお食事で
　きるお客様は、こちらをどうぞ）

さくら喫茶

B　500円ランチ　（11：30〜14：00）

月曜日	火曜日	水曜日	木曜日	金曜日	土曜日	日曜日
カレー	牛どん	サンドイッチ	焼き魚	ハンバーグ	うどん	ステーキ

500円ランチをご注文のお客様には、お飲み物とサラダと
ケーキを次の料金でサービスいたします。
＋100円　お飲み物（コーヒーか紅茶）
＋150円　お飲み物（コーヒーか紅茶）、サラダ
＋200円　お飲み物（コーヒーか紅茶）、ケーキ

つぎのA「朝の特別メニュー」とB「500円ランチ」を見て、質問に答えてください。答えは、1・2・3・4からいちばんいいものを一つえらんでください。

さくら喫茶

A 朝の特別メニュー（8：00～11：30）

1 お子さまコース【パン、卵、サラダ、ジュース】350円

2 お急ぎコース【パン、卵、フルーツ、コーヒーか紅茶】400円（急いでいるお客様は、こちらをどうぞ）

> 34題
> 關鍵句

3 ゆっくりコース【パン、卵、サラダ、フルーツ、コーヒーか紅茶（おかわり自由）】500円（ゆっくりお食事できるお客様は、こちらをどうぞ）

さくら喫茶

B 500円ランチ（11：30～14：00）

月曜日	火曜日	水曜日	木曜日	金曜日	土曜日	日曜日
カレー	牛どん	サンドイッチ	焼き魚	ハンバーグ	うどん	ステーキ

500円ランチをご注文のお客様には、お飲み物とサラダとケーキを次の料金でサービスいたします。

> 35題
> 關鍵句

＋100円　お飲み物（コーヒーか紅茶）
＋150円　お飲み物（コーヒーか紅茶）、サラダ
＋200円　お飲み物（コーヒーか紅茶）、ケーキ

□ メニュー【menu】菜單
□ コース【course】套餐
□ 急ぎ 匆忙
□ フルーツ【fruits】水果
□ ランチ【lunch】午餐
□ カレー【curry】咖哩
□ 牛どん 牛肉蓋飯

□ 焼き魚 烤魚
□ うどん 烏龍麵
□ ステーキ【steak】牛排
□ サービス【service】服務

請閱讀下列的Ａ「早餐特餐」和Ｂ「500圓午餐」並回答問題。請從選項
１・２・３・４當中選出一個最恰當的答案。

櫻花咖啡廳

Ａ　早餐特餐（08：00〜11：30）

・兒童餐【麵包、蛋、沙拉、果汁】350圓

・匆忙套餐【麵包、蛋、水果、咖啡或紅茶】400圓（推薦
　給趕時間的客人選用）

・悠閒套餐【麵包、蛋、沙拉、水果、咖啡或紅茶（可續
　杯）】500圓（歡迎可以悠閒用餐的客人選用）

櫻花咖啡廳

Ｂ　500圓午餐（11：30〜14：00）

星期一	星期二	星期三	星期四	星期五	星期六	星期日
咖哩	牛肉蓋飯	三明治	烤魚	漢堡排	烏龍麵	牛排

點500圓午餐的客人，可以享有下列的飲料、沙拉、蛋糕加點優
惠。

＋100圓　飲料（咖啡或紅茶）

＋150圓　飲料（咖啡或紅茶）、沙拉

＋200圓　飲料（咖啡或紅茶）、蛋糕

もんだい6　Reading

Answer **2**

34 朝、会社に行く前はあまり時間がありません。そんなとき、どれを注文するといいですか。

1　お子さまコース

2　お急ぎコース

3　ゆっくりコース

4　サンドイッチ

34 早上上班前沒什麼時間。請問像這種時候，應該要點哪個套餐好呢？

1 兒童餐

2 匆忙套餐

3 悠閒套餐

4 三明治

Answer **3**

35 日曜日のお昼に、家族3人でさくら喫茶で食事をしました。わたしと家内は500円ランチに紅茶を追加しましたが、子どもは甘いものも食べたいと言ったので、少し多くお金がかかりました。3人でいくら払いましたか。

1　400円

2　1750円

3　1900円

4　2000円

35 星期日中午，一家三口一起在櫻花咖啡廳吃飯。我和太太都點了500圓午餐，再加點紅茶，小孩因為想吃甜食，所以多付了點錢。請問3人總共付了多少錢呢？

1 400 圓

2 1750 圓

3 1900 圓

4 2000 圓

　這一大題有兩張菜單介紹，A是早餐，B是午餐。必須依據題目的條件從表格中找出答案。這一題問題限定「朝」（早上），所以要看A菜單。

　題目問的是「そんなとき、どれを注文するといいですか」（像這種時候，應該要點哪個套餐好呢），這個「そんなとき」運用「そ」開頭的指示詞，指的是前面提到的「会社に行く前はあまり時間がありません」（上班前沒什麼時間）這個情況，這就是解題關鍵。上班前沒什麼時間，意思就是很匆忙，A裡面剛好有提到「急いでいるお客様は、こちらをどうぞ」（推薦給趕時間的客人選用），建議趕時間的客人點「お急ぎコース」（匆忙套餐）。因此正確答案是2。

> 「おかわり」是「再來一份」的意思，「おかわり自由」是「免費再續」的意思。

　這一題時間限定「お昼」（中午），所以要看B菜單，並掌握人數和點餐的內容，由於問題問的是「いくら」（多少錢），所以還要計算付帳金額。

　用餐人數是3人，也就是説點了3份餐，每份都是500圓。

　另外，敘述中提到「わたしと家内は500円ランチに紅茶を追加しました」（我和太太都點了500圓午餐，再加點紅茶）可知加點了兩杯紅茶，飲料一杯100圓。

> 「家内」（內人）用來在外人面前稱呼自己的太太。

　最後，因為「子どもは甘いものも食べたいと言った」（小孩因為想吃甜食），所以又加點一份甜食，也就是一份含有蛋糕的200圓附餐。計算如下：

　主餐3份：500×3＝1500。飲料兩份：100×2＝200。甜點一份：200×1＝200。總計：1500＋200＋200＝1900，由此可知正確答案是3。

つぎのA「林さんから陳さんへのメール」とBのパンフレットを見て、質問に答えてください。答えは、1・2・3・4からいちばんいいものを一つえらんでください。

---

34 あしたの授業のあと、二人が遊びに行くことができる場所はどこですか。

1　陳さんの家

2　さくら美術館

3　ひまわり公園

4　コスモスデパート

---

35 陳さんは、今度の土曜日か日曜日に、さくら美術館に行きたいと思っています。陳さんはいちばん遅くて何時までに美術館に着かなければいけませんか。

1　午後5時半

2　午後6時

3　午後7時半

4　午後8時

A　林さんから陳さんへのメール

陳さんへ
あしたは水曜日なので、授業は5時半までですね。
家に帰る前に、どこかへ遊びに行きませんか。

林

B　パンフレット

さくら美術館
火曜日〜金曜日：午前9時半〜午後6時（中に入れるのは30分前まで）
土曜日・日曜日：午前9時半〜午後8時（中に入れるのは30分前まで）
休み：毎週月曜日
★いろいろな絵を見ることができます。

ひまわり公園
月曜日・火曜日・木曜日：午前8時〜午後8時
金曜日〜日曜日：午前8時〜午後11時
休み：毎週水曜日
★今週の金曜日からプールが始まります。

コスモスデパート
月曜日〜木曜日：午前10時〜午後8時
金曜日〜日曜日：午前10時〜午後9時
休みはありません。
★今週の水曜日から土曜日まで、洋服が安いです。

つぎのA「林さんから陳さんへのメール」とBのパンフレットを見て、質問に答えてください。答えは、1・2・3・4からいちばんいいものを一つえらんでください。

A　林さんから陳さんへのメール

陳さんへ
あしたは水曜日なので、授業は5時半までですね。
家に帰る前に、どこかへ遊びに行きませんか。

林

34 題
關鍵句

B　パンフレット

さくら美術館
火曜日～金曜日：午前9時半～午後6時（中に入れるのは30分前まで）
土曜日・日曜日：午前9時半～午後8時（中に入れるのは30分前まで）
休み：毎週月曜日
★いろいろな絵を見ることができます。

35 題
關鍵句

ひまわり公園
月曜日・火曜日・木曜日：午前8時～午後8時
金曜日～日曜日：午前8時～午後11時
休み：毎週水曜日
★今週の金曜日からプールが始まります。

34 題
關鍵句

コスモスデパート
月曜日～木曜日：午前10時～午後8時
金曜日～日曜日：午前10時～午後9時
休みはありません。
★今週の水曜日から土曜日まで、洋服が安いです。

□ 授業　上課
□ 遊ぶ　遊玩
□ 場所　地方
□ 美術館　美術館

□ 公園　公園
□ 着く　到達
□ パンフレット【pamphlet】導覽手冊

□ 毎週　毎週
□ 今週　本週
□ プール【pool】游泳池
□ 洋服　服裝；西裝

請閱讀下列的A「林同學寄給陳同學的電子郵件」和B的導覽手冊並回答問題。請從選項１・２・３・４當中選出一個最恰當的答案。

A　林同學寄給陳同學的電子郵件

陳同學：

明天是星期三，課只上到５點半吧？
回家之前要不要去哪裡玩玩呢？

林

B　導覽手冊

櫻花美術館

週二～週五：上午９點半～下午６點（最後入場時間是閉館前30分鐘）
週六～週日：上午９點半～晚上８點（最後入場時間是閉館前30分鐘）
休館日：每週一

★可以參觀許多畫作。

向日葵公園

週一、週二、週四：上午８點～晚上８點
週五～週日：上午８點～晚上11點
休園日：每週三

★自本週五開始開放游泳池。

波斯菊百貨

週一～週四：上午10點～晚上８點
週五～週日：上午10點～晚上９點
全年無休。

★本週三至週六服裝有特價。

[34] あしたの授業のあと、二人が遊びに行くことができる場所はどこですか。

1 陳さんの家
2 さくら美術館
3 ひまわり公園
4 コスモスデパート

[34] 請問明天下課後，這兩人能去哪裡玩呢？

1 陳同學家
2 櫻花美術館
3 向日葵公園
4 波斯菊百貨

[35] 陳さんは、今度の土曜日か日曜日に、さくら美術館に行きたいと思っています。陳さんはいちばん遅くて何時までに美術館に着かなければいけませんか。

1 午後5時半
2 午後6時
3 午後7時半
4 午後8時

[35] 陳同學這個禮拜六或禮拜日想去櫻花美術館。請問他最晚必須幾點到美術館呢？

1 下午5點半
2 晚上6點
3 晚上7點半
4 晚上8點

解題攻略

從A可以得知３件事：「あしたは水曜日」（明天是禮拜三）、「授業は５時半まで」（明天的課上到５點半）、「どこかへ遊びに行きませんか」（要不要去哪裡玩玩呢）。林同學提議要去其他地方玩，所以選項１「陳さんの家」（陳同學家）是錯的。

> 這一題的時間條件是「あしたの授業のあと」（明天下課後），所以必須知道下課的時間才能從B部分找出答案。

對照B部分的時候要注意是否是週三下午５點半後可以入場的地方。「さくら美術館」（櫻花美術館）週三的營業時間是9：30～18：00，不過最後入場時間是30分鐘前（17：30），這時兩人才剛下課，勢必趕不上，所以選項２是錯的。

「ひまわり公園」（向日葵公園）禮拜三正好沒開放，所以也不能去。

「コスモスデパート」（波斯菊百貨）週三的營業時間是10：00～20：00，正確答案是４。

這一題的時間條件是「土曜日か日曜日」（禮拜六或禮拜日），地點條件是「さくら美術館」（櫻花美術館），所以只要看櫻花美術館週六和週日的時間就好。

從B可以得知美術館週末開放時間是9：30～20：00，問題問「いちばん遅くて何時までに美術館に着かなければいけませんか」（最晚必須幾點到美術館呢），這句話對應「中に入れるのは30分前まで」（最後入場時間是閉館前30分鐘），也就是說最晚必須於19：30入場，正確答案是３。

補充單字 休閒、旅遊

- □ 遊び　遊玩；不做事
- □ 予約　預約
- □ 出発　出發；開始
- □ 案内　引導；陪同遊覽
- □ 見物　觀光，參觀
- □ 景色　景色，風景
- □ 旅館　旅館
- □ 泊まる　住宿；停泊
- □ お土産　當地名產；禮物

つぎの「駐車場のご利用案内」を見て、質問に答えてください。答えは、1・2・3・4からいちばんいいものを一つえらんでください。

34 木村さんがもらうことができる「無料駐車券」はどれですか。

1　1時間の無料駐車券

2　2時間の無料駐車券

3　3時間の無料駐車券

4　もらえない

35 木村さんは買い物に全部で4時間かかってしまいました。木村さんは駐車料金をいくら払わなければなりませんか。

1　300円

2　1000円

3　2000円

4　払わなくてもいい

　木村さんは、車でやまとデパートに買い物に行きました。デパートでは最初にくつを見に行きました。いいくつがありましたが、3000円は高いと思ったので買いませんでした。それから、1500円のシャツを買って、次に1800円のセーターを買いました。そのあと、おなかがすいたので、レストランで1000円の焼き魚定食を食べました。最後に、スーパーで1200円のワインを１本買いました。

★やまとデパート駐車場のご利用案内

● 駐車料金：１時間300円

● 「無料駐車券」のご案内

▲ 1000円以上お買い物をした方には、１時間の「無料駐車券」を差し上げます。

▲ 3000円以上お買い物をした方には、２時間の「無料駐車券」を差し上げます。

▲ 5000円以上お買い物をした方には、３時間の「無料駐車券」を差し上げます。

▲ レシートを１階の案内所へお持ちください。

▲ 無料駐車券の時間より長く駐車場をご利用の場合は、過ぎた時間の分の料金を払ってください。

つぎの「駐車場のご利用案内」を見て、質問に答えてください。答えは、1・2・3・4からいちばんいいものを一つえらんでください。

木村さんは、車でやまとデパートに買い物に行きました。デパートでは最初にくつを見に行きました。いいくつがありましたが、3000円は高いと思ったので買いませんでした。それから、**1500円のシャツを買って、次に1800円のセーターを買いました。**そのあと、おなかがすいたので、**レストランで1000円の焼き魚定食を食べました。**最後に、**スーパーで1200円のワインを1本買いました。**

※ 34 題 關鍵句

★やまとデパート駐車場のご利用案内

● 駐車料金：1時間300円

※ 35 題 關鍵句

● 「無料駐車券」のご案内

▲ 1000円以上お買い物をした方には、1時間の「無料駐車券」を差し上げます。

▲ 3000円以上お買い物をした方には、2時間の「無料駐車券」を差し上げます。

▲ **5000円以上お買い物をした方には、3時間の「無料駐車券」を差し上げます。**

※ 34.35 題 關鍵句

▲ レシートを1階の案内所へお持ちください。

▲ **無料駐車券の時間より長く駐車場をご利用の場合は、過ぎた時間の分の料金を払ってください。**

※ 35 題 關鍵句

□ シャツ【shirt】襯衫

□ セーター【sweater】毛衣

□ ワイン【wine】紅酒

□ ご利用案内 使用説明

□ 無料 免費

□ 駐車券 停車券

□ 差し上げる 贈送；給予

□ レシート【receipt】收據；發票

□ 案内所 詢問處

□ 過ぎる 超出；超過

□ かかる 花費（時間、金錢）

□ 駐車料金 停車費

請閱讀下列的「停車場使用說明」並回答問題。請從選項１・２・３・４當中選出一個最恰當的答案。

　　木村先生開車去大和百貨買東西。在百貨公司裡，他最先去看鞋子。雖然有看到不錯的，但他覺得 3000 圓很貴，所以沒買。接著他買了 1500 圓的襯衫，然後買了 1800 圓的毛衣。之後他肚子餓了，就在餐廳吃了 1000 圓的烤魚定食。最後他在超市買了一瓶 1200 圓的紅酒。

★大和百貨停車場使用說明

● 停車費：一小時300圓
●「免費停車券」的說明

▲ 消費滿1000圓的顧客，將贈送１小時的「免費停車券」。

▲ 消費滿3000圓的顧客，將贈送２小時的「免費停車券」。

▲ 消費滿5000圓的顧客，將贈送３小時的「免費停車券」。

▲ 請攜帶收據至１樓詢問處。

▲ 使用「免費停車券」若超出規定時間，請補上超時費用。

--- Answer **3**

34 木村さんがもらうことができ
る「無料駐車券」はどれです
か。

1 1時間の無料駐車券

2 2時間の無料駐車券

3 3時間の無料駐車券

4 もらえない。

34 請問木村先生可以得到哪張
「免費停車券」？

1 1小時的免費停車券

2 2小時的免費停車券

3 3小時的免費停車券

4 沒辦法得到

--- Answer **1**

35 木村さんは買い物に全部で４
時間かかってしまいました。
木村さんは駐車料金をいくら
払わなければなりませんか。
└文法詳見 P226

1 300円

2 1000円

3 2000円

4 払わなくてもいい
└文法詳見 P226

35 木村先生一共花了４個小時購
物。請問木村先生必須付多少
錢的停車費呢？

1 300 圓

2 1000 圓

3 2000 圓

4 不用付

解題攻略

這一題要先算出木村先生購物的總金額，再比對公告找出他能獲得哪種免費停車券。

「くつ」（鞋子）是這一題的陷阱，要注意「3000円は高いと思ったので買いませんでした」（但他覺得3000圓很貴，所以沒買）這一句，指出他沒有買鞋子。從短文中可以得知木村先生買了「シャツ」（襯衫）1500圓、「セーター」（毛衣）1800圓、「焼き魚定食」（烤魚定食）1000圓、「ワイン」（紅酒）1200圓。總計：1500+1800+1000+1200＝5500。

> 文章裡面提到了好幾個動作，以「最初」（首先）來表示第一個行動，中間用「それから」（接著）、「そのあと」（之後）等等來串連許多行動，最後用「最後に」（最後）來做結。這些接續詞可以幫助理解事情發生的順序，有時甚至是解題的關鍵，所以一定要記熟。

從公告中可以知道消費1000圓以上可以兌換1小時免費停車券、消費3000圓以上可以兌換2小時免費停車券、消費5000圓以上可以兌換3小時免費停車券。

木村先生共花了5500圓，可以獲得一張3小時的免費停車券。正確答案是3。

從上一題可以得知木村先生拿到的是3小時的免費停車券，不過木村先生的購物時間是4個小時，超過了一小時。

公告最後一點提到：「無料駐車券の時間より長く駐車場をご利用の場合は、過ぎた時間の分の料金を払ってください」（使用「免費停車券」若超出規定時間，請補上超時費用），表示超時的話要付超時部分的費用。從「駐車料金：1時間300円」（停車費：一小時300圓）這邊可以得知一個小時的停車費是300圓，所以木村先生還要再付300圓才行。正確答案是1。

補充單字 數量

□ 以下（いか）不到…；在…以下
□ 以内（いない）不超過…；以內
□ 以上（いじょう）超過；上述

□ 足す（たす）補足，增加
□ 足りる（たりる）足夠；可湊合
□ 多い（おおい）多的

□ 少ない（すくない）少

❶ 文法と萬用句型

> 【動詞否定形】＋なければ
> ならない。表示無論是自己
> 或對方，從社會常識或事情
> 的性質來看，不那樣做就不
> 合理，有義務要那樣做。

１　▢▢▢＋なければならない

必須…、應該…

例句　医者になるためには国家試験に
合格しなければならない。

想當醫生，就必須通過國家考試。

> 【動詞否定形（去い）】＋
> くてもいい。表示允許不必
> 做某一行為，也就是沒有必
> 要，或沒有義務做前面的動
> 作。

２　▢▢▢＋なくてもいい

不…也行、用不著…也可以

例句　暖房をつけなくてもいいです。

不開暖氣也可以。

〔替換單字・短句〕
□ 電気をつけ　開電燈
□ 窓をあけ　開窗
□ ドアをしめ　關門

❷ 小知識大補帖

▶「なければならない」補充說明

關於文法「なければならない」，表示疑問時，可用「なければなりませんか」。
例如：

　　「パスポートの申請は、本人が来なければなりませんか。」
　　（請問申辦護照一定要由本人親自到場辦理嗎？）

另外，「なければ」的口語縮約形為「なきゃ」。有時「なければならない」也會
簡化只說「なきゃ」，並將後面省略掉。
例如：

　　「この本は明日までに返さなきゃ。」
　　（必須在明天以前歸還這本書。）
註：原句為「この本は明日までに返さなければならない。」

▶ 赴日購物小撇步

　　東京和大阪等大城市物價大致相同，而地方的小城市相對的物價會比較便宜，上下浮動在 20% 左右，不過必須另外再加上 8％ 的消費稅。8％ 的消費稅不算便宜，如果想要省錢，可以在商店舉辦折扣活動的時候前往採購，活動期間只要利用悠遊卡、官網折扣券或是 VISA 卡就能免稅再享 5％ 的優惠。

　　另一個省錢的方法就是殺價了！雖然日本的百貨公司很難殺價，但在專賣店就比較容易了。日本有很多專賣店，販售的商品內容就如商店的名稱，像是：麵包、鮮花、鐘錶、服裝、文具、書籍、肉類、蔬果等，殺價幅度大約在 20% 以內。既然到了日本，不妨試試用日文跟店家殺價，如果成功了一定很有趣！

殺價萬用句：

　　「ちょっと高いですね。」（有點貴呢。）
　　「安くしてください。」（請算便宜一點。）
　　「安くしてくれませんか。」（可以算我便宜一點嗎？）
　　「1000 円でいいですか。」（可以算 1000 圓嗎？）
　　「ふたつ 1500 円でいいですか。」（可以兩個算 1500 圓嗎？）

▶ 關於租車

　　如果要去的地方不能搭公車或地鐵，可以選擇搭計程車或租車。自 2007 年開始台日雙邊承認駕照，持有台灣駕照以及其翻譯就可以在日本開車了。在日本的機場、各大城市、車站和著名旅遊區附近都有租車公司。由於日本車輛是靠左行駛，方向盤在右側，因此在日本開車時必須特別留意。另外，日本租車通常不收現金，而是像飯店一樣必須預先刷卡，如果超時、沒有加滿油或車輛受損，就會被追加費用。

つぎの「ケーキ教室」のお知らせを見て、質問に答えてください。答えは、1・2・3・4からいちばんいいものを一つえらんでください。

34　里香さんはこのケーキ教室に行きたいです。まず何をしなければいけませんか。

1　先生に電話する。

2　お日さまビルに行く。

3　ケーキを作る。

4　佐藤さんに電話する。

35　里香さんのお母さんもこの教室に行きたいです。里香さんはケーキを作ったことがありませんが、お母さんは時々作ります。二人はどの教室に行ったほうがいいですか。

1　里香さんはA教室、お母さんはB教室

2　里香さんはB教室、お母さんはA教室

3　里香さんはA教室、お母さんもA教室

4　里香さんはB教室、お母さんもB教室

「お日さまケーキ教室」

7月30日（土）10：00〜14：00
場所　お日さまビル3階　A教室とB教室

「お日さまケーキ教室」では、ケーキの作り方を先生がお教えします。

場所	先生	ケーキ	料金
A教室	山本裕子先生	チーズケーキ	1500円
B教室	田中弓枝先生	チョコレートケーキ	2000円

① 初めてケーキを作る人には「チーズケーキ」のほうが
　簡単なので、そちらに参加してください。
② 30日は、教室に9時半までに来てください。
③ 料金は30日の授業が始まる前に教室で払ってください。

参加希望の方は28日までに、佐藤にお電話ください。
佐藤静子　　03-○○○○-▲▲▲▲

つぎの「ケーキ教室」のお知らせを見て、質問に答えてください。答えは、1・2・3・4
からいちばんいいものを一つえらんでください。

「お日さまケーキ教室」

7月30日（土）10：00〜14：00
場所　お日さまビル3階　A教室とB教室

「お日さまケーキ教室」では、ケーキの作り方を先生がお教
えします。

場所	先生	ケーキ	料金
A教室	山本裕子先生	チーズケーキ	1500円
B教室	田中弓枝先生	チョコレートケーキ	2000円

① 初めてケーキを作る人には「チーズケーキ」のほうが
簡単なので、そちらに参加してください。

② 30日は、教室に9時半までに来てください。

③ 料金は30日の授業が始まる前に教室で払ってください。

> 参加希望の方は28日までに、佐藤にお電話ください。
> 佐藤静子　03-○○○○-▲▲▲▲

35題
關鍵句

34題
關鍵句

□ ケーキ教室【cake教室】蛋糕教室

□ まず　首先

□ ビル【building之略】大樓

□ 時々　有時候

□ お日さま　太陽

□ チーズ【cheese】起司

□ チョコレート【chocolate】巧克力

□ 初めて　第一次

□ 参加　參加

□ 〜までに　在…之前

□ 〜前に　…前

□ 希望　希望；欲…

請閱讀下列的「蛋糕教室」的公告並回答問題。請從選項１・２・３・４當中選出一個最恰當的答案。

「太陽蛋糕教室」

７月30日（六）10：00〜14：00

地點　太陽大樓３樓　Ａ教室及Ｂ教室

在「太陽蛋糕教室」，老師會教你如何製作蛋糕。

地點	老師	蛋糕	費用
Ａ教室	山本裕子老師	起司蛋糕	1500圓
Ｂ教室	田中弓枝老師	巧克力蛋糕	2000圓

① 「起司蛋糕」做法比較簡單，所以請第一次做蛋糕的人來參加這場。

② 30日當天，請在９點半前來教室。

③ 費用請在30日當天上課前在教室付款。

想報名參加的人請在28日前致電佐藤。

佐藤靜子　　03-○○○○-▲▲▲▲

Answer **4**

34 里香さんはこのケーキ教室に行きたいです。まず何をしなければいけませんか。

1 先生に電話する。

2 お日さまビルに行く。

3 ケーキを作る。

4 佐藤さんに電話する。

34 里香想去這個蛋糕教室。請問她首先必須要做什麼呢？

1 打電話給老師。

2 去太陽大樓。

3 做蛋糕。

4 打電話給佐藤。

Answer **1**

35 里香さんのお母さんもこの教室に行きたいです。里香さんはケーキを作ったことがありませんが、お母さんは時々作ります。二人はどの教室に行ったほうがいいですか。

1 里香さんはA教室、お母さんはB教室

2 里香さんはB教室、お母さんはA教室

3 里香さんはA教室、お母さんもA教室

4 里香さんはB教室、お母さんもB教室

35 里香的媽媽也想去上這個課程。里香沒有做過蛋糕，不過媽媽有時會做。請問兩人應該去上哪堂課才好呢？

1 里香去 A 教室，媽媽去 B 教室

2 里香去 B 教室，媽媽去 A 教室

3 里香去 A 教室，媽媽去 A 教室

4 里香去 B 教室，媽媽去 B 教室

解題攻略

傳單共出現４次「～てください」（請…）：

「１・初めてケーキを作る人には「チーズケーキ」のほうが簡単なので、そちらに参加してください」（「起司蛋糕」做法比較簡單，所以請第一次做蛋糕的人來參加這場）

「２・30日は、教室に９時半までに来てください」（30日當天，請在９點半前來教室）

「３・料金は30日の授業が始まる前に教室で払ってください」（費用請在30日當天上課前在教室付款）

「参加希望の方は28日までに、佐藤にお電話ください」（想報名參加的人請在28日前致電佐藤）

由此可知排序後依序是「佐藤さんに電話して参加を申し込む→教室に来る→料金を払う」（致電佐藤報名參加→前來教室→付款），所以里香最先要做的事情應該是打電話給佐藤小姐報名參加。正確答案是４。

這一題問的是「まず何をしなければいけませんか」（首先必須要做什麼呢），可見題目中應該會出現規定、要求等字句，像是「～てください」（請…）句型。此外，如果「まず」（首先）出現的話就要注意事情的先後順序。

這一題題目問目的是「二人はどの教室に行ったほうがいいですか」（兩人應該去上哪堂課才好呢），關於課程的選擇請看①：「初めてケーキを作る人には「チーズケーキ」のほうが簡単なので、そちらに参加してください」（「起司蛋糕」做法比較簡單，所以請第一次做蛋糕的人來參加這場）。

問題中提到里香「ケーキを作ったことがありません」（沒有做蛋糕的經驗），也就是說她是「初めてケーキを作る」（第一次做蛋糕），像這樣的人建議參加「チーズケーキ」（起司蛋糕）的課程，也就是A教室。所以選項２、４都是錯的。

里香的媽媽「時々（ケーキを）作ります」（有時會做），所以她不是第一次做蛋糕，因此媽媽可以去上「チョコレートケーキ」（巧克力蛋糕）的課程，也就是B教室。正確答案是１。

❷ 小知識大補帖

▶ 各式甜點的日語怎麼說？

「デザート」（甜點）可是大有學問！除了文章中的「チーズケーキ」（起司蛋糕）、
「チョコレートケーキ」（巧克力蛋糕）之外，還有什麼常見的甜點呢？

「プチケーキ」（一口蛋糕）

「スフレ」（舒芙蕾）

「クレープ」（可麗餅）

「エッグタルト」（蛋塔）

「パンナコッタ」（奶酪）

「クレームブリュレ」（焦糖布丁）

常用的表達關鍵句

＊{ }內也可自行帶入其他詞彙喔！

01 表示允許

→ {あかりを消し} てもかまいません／{關燈} 也不要緊。

→ {カメラは用意し} てもいいです／也可以 {自備相機}。

→ {会場内にポスターを貼っ} てもよいです／{在會場內張貼海報} 也沒關係。

→ {すぐに返事をし} なくてもかまいません／不 {馬上回覆} 也不要緊。

→ {僕の名前を出してくれ} なくてもいいです／不 {標註我的名字} 也沒關係。

02 表示請求、命令

→ {婚活パーティーを開催するので会場を使わ} せてください／{我想舉辦相親活動，} 請讓我 {使用會場}。

→ {足を} お {運び} ください／敬請 {撥冗蒞臨}。

→ {お問い合わせは美術館まで} お願いします／請 {通過美術館諮詢}。

→ {お間違えのない} ようお願いいたします／敬請 {不要弄錯了}。

→ {何卒お返事くださいます} ようお願い申し上げます／懇請您 {撥冗回信}。

→ {ぜひご出席くださいます} ようよろしくお願いいたします／懇請您 {務必撥冗出席}。

→ {このビデオを楽しんで} いただければ幸いです／如果您能 {盡情享受這部影片} 就太榮幸了。

→ {ペットの同伴} はご遠慮ください／請勿 {攜帶寵物}。

→ {道の外側を走} れ／請 {行駛於外側車道}。

→ {契約とってくるまで今日は会社に戻る} な／{在客戶簽下契約之前，今天} 不準 {回公司}！

→ {つまらない事で喧嘩} をするな／不要 {為了那點雞毛蒜皮的小事爭吵}。

→ {先輩に遠慮する} な／不要 {跟前輩客氣}。

→ {危ないから注意し} なさい／請 {小心危險}（命令說法）。

關鍵字記單字

▶關鍵字　　　　▶▶▶單字

異なる (こと) 不同	□ 特に (とく)	特，特別
	□ 別に (べつ)	分開；另
	□ 別に (べつ)	並（不），特別
	□ 又は (また)	或，或者，或是
	□ 以外 (い がい)	以外
	□ 特別 (とくべつ)	特別，格外
	□ 別 (べつ)	別，另外
	□ 裏 (うら)	背後；內幕，幕後
	□ 変わる (か)	不同，與眾不同；奇怪，出奇

与える (あた) 給、給予	□ お陰 (かげ)	（神佛的）保佑，庇護；幫助，恩惠；托…的福，沾…的光，幸虧…，歸功於…；由於…緣故（他人的幫助及恩惠）
	□ 遣る (や)	給
	□ 上げる (あ)	給，送給
	□ 差し上げる (さ あ)	呈送，敬獻
	□ 呉れる (く)	給（我），幫我
	□ 下さる (くだ)	送，給（我）；為「与える」和「くれる」的尊敬語

止まる・泊 (と)　　(と) まる 停下、停泊、過夜	□ 駐車場 (ちゅうしゃじょう)	停車場，停放汽車的場所和設施
	□ オフ【off】	沒有日程、工作安排
	□ オフ【off】	機械、電燈等關閉
	□ 番線 (ばんせん)	…號月臺
	□ 港 (みなと)	港，港口；碼頭
	□ 止める (と)	止；堵；憋；屏；關，關閉
	□ 止まる (と)	停，停止，停住，停下，站住
	□ 泊まる (と)	投宿，住宿，過夜

▶ **休閒活動**

子どもとテレビゲームをやります。
跟小孩玩電動。

<ruby>一<rt>ひと</rt></ruby>人で<ruby>音楽<rt>おんがく</rt></ruby>を<ruby>聴<rt>き</rt></ruby>きます。
獨自一人聽音樂。

<ruby>日本<rt>にほん</rt></ruby>のテレビドラマにはまっています。
沉迷於日本的電視連續劇。

カラオケに<ruby>行<rt>い</rt></ruby>きましょう。
去唱卡拉 OK 吧！

<ruby>明日<rt>あした</rt></ruby>の<ruby>飲<rt>の</rt></ruby>み<ruby>会<rt>かい</rt></ruby>、<ruby>楽<rt>たの</rt></ruby>しみですね。
真期待明天的聚會啊！

<ruby>映画<rt>えいが</rt></ruby>を<ruby>見<rt>み</rt></ruby>たいです。
我想看電影。

<ruby>毎朝<rt>まいあさ</rt></ruby>、<ruby>家<rt>いえ</rt></ruby>の<ruby>前<rt>まえ</rt></ruby>の<ruby>公園<rt>こうえん</rt></ruby>で<ruby>運動<rt>うんどう</rt></ruby>をします。
我每天早上都會去家門前的公園運動。

<ruby>犬<rt>いぬ</rt></ruby>と<ruby>公園<rt>こうえん</rt></ruby>を<ruby>散歩<rt>さんぽ</rt></ruby>してきました。
我帶小狗去公園散步回來了。

<ruby>山田<rt>やまだ</rt></ruby>さんは<ruby>毎日<rt>まいにち</rt></ruby>、<ruby>公園<rt>こうえん</rt></ruby>の<ruby>掃除<rt>そうじ</rt></ruby>をしているそうです。
聽說山田先生每天都去打掃公園。

友だちには毎週会います。
我和朋友每星期都會見面。

週一度ぐらい、テニスをします。
我每星期大約會打一次網球。

買い物へは月に二度ほど行きます。
我每個月會去購物兩次左右。

▶ 學校生活

私は高校生です。
我是高中生。

今年6年生になります。
今年升上了6年級。

朝5時から6時までが私の勉強の時間です。
早上5點到6點是我的讀書時間。

学校までどのぐらいかかりますか。
請問大約要多久才會到達學校呢？

歩いて30分ぐらいです。
走路過去大約30分鐘。

私の教室は2階にあります。
我的教室在2樓。

教室の中には誰もいなかった。
教室裡誰也不在。

今日の勉強を始めましょう。
開始今天的課程吧！

あの先生の授業は面白くない。
那位老師的授課很無聊。

今日の授業は英語と歴史だ。
今天要上英文跟歷史課。

英語を少し話せますが、書くのは難しいです。
雖然會說一點英語，但還不太會寫。

遠藤くんは英語が上手です。
遠藤同學的英文很流利。

カタカナが苦手です。
我不太會辨識片假名。

ノートを貸してください。
借我筆記本一下。

昨日の授業を休んでしまいました。
我昨天請了假，沒有上課。

テニスサークルに入りたい。
我想加入網球社。

試験まであと3日しかない。
距離考試只剩下3天。

今日一日を図書館で過ごしました。
今天一整天都待在圖書館。

今年に入って成績が上がってきた。
從今年開始成績變好了。

いくら練習しても上手にならない。
不管練習多少次都沒有進步。

3年間日本語を勉強しました。
我學過3年日文。

毎日新しい漢字を五つ覚える。
每天背5個漢字生詞。

宿題に3時間もかかった。
花了長達3小時寫作業。

ご卒業おめでとうございます。
恭喜畢業！

▶ 音樂

いいレコードを持っていませんか。
請問有沒有好聽的音樂唱片？

喫茶店にピアノの音楽が流れていました。
咖啡廳裡播放著鋼琴演奏音樂。

その歌を聞くとなぜか泣きたくなります。
我每次聽到那首歌，總會不自覺地想流眼淚。

明るい音楽を聴くと気持ちも明るくなる。
聽輕快的音樂時心情也會跟著快樂起來。

音楽にあわせて踊った。
配合音樂節奏跳了舞。

音楽への熱い思いを日記に書いた。
在日記裡寫下了對音樂的熱愛。

ピアノコンサートに行きましょう。
我們去聽鋼琴演奏會吧。

古いジャズのレコードを集めています。
我正在蒐集爵士樂的老唱片。

日曜日には教会でオルガンを弾きます。
我星期天會去教會彈奏風琴。

口を大きく開けて歌いましょう。
我們一起大聲唱歌吧！

1 助詞

◆ **疑問詞＋でも**　　無論、不論、不拘
- いつでも寝られます。
  任何時候都能倒頭就睡。

◆ **疑問詞＋ても、でも**　　(1)不管(誰、什麼、哪兒)…；(2)無論…
- いくら高くても、必要な物は買います。
  即使價格高昂，必需品還是得買。

◆ **疑問詞＋〜か**　　…呢
- 何時に行くか、忘れてしまいました。
  忘記該在幾點出發了。

◆ **かい**　　…嗎
- 昨日は楽しかったかい。
  昨天玩得開心吧？

◆ **の**　　…嗎、…呢
- 薬を飲んだのに、まだ熱が下がらないの。
  藥都吃了，高燒還沒退嗎？

◆ **だい**　　…呢、…呀
- なぜこれがわからないんだい。
  為啥連這點小事也不懂？

◆ **までに**　　在…之前、到…時候為止；到…為止
- 水曜日までにこの宿題ができますか。
  在星期三之前這份作業做得完嗎？

◆ **ばかり**　　(1)剛…；(2)總是…、老是…；(3)淨…、光…
- 「ライン読んだ。」「ごめん、今起きたばかりなんだ。」
  「你看過LINE了嗎？」「抱歉，我剛起床。」

◆ **でも**　　(1)…之類的；(2)就連…也
- 暇ですね。テレビでも見ますか。
  好無聊喔，來看個電視吧。

2 指示詞、句子的名詞化及縮約形

◆ **こんな**　　這樣的、這麼的、如此的；這樣地
- こんな家が欲しいです。
  想要一間像這樣的房子。

◆ **こう**　　(1) 這樣、這麼；(2) 這樣
- こうすれば簡単です。
  只要這樣做就很輕鬆了。

◆ **そんな**　　那樣的；那樣地
- そんな服を着ないでください。
  請不要穿那樣的服裝。

◆ **あんな**　　那樣的；那樣地
- あんな便利な冷蔵庫が欲しい。
  真想擁有那樣方便好用的冰箱！

◆ **そう**　　(1) 那樣；(2) 那樣
- 母にはそう話をします。
  我要告訴媽媽那件事。

◆ **ああ**　　(1) 那樣；(2) 那樣
- ああしろこうしろとうるさい。
  一下叫我那樣，一下叫我這樣煩死人了！

◆ **さ**　　…度、…之大
- この山の高さは、どのくらいだろう。
  不曉得這座山的高度是多少呢？

◆ **の (は／が／を)**　　的是…
- この写真の、帽子をかぶっているのは私の妻です。
  這張照片中，戴著帽子的是我太太。

◆ **こと**
- 私は歌を歌うことが好きです。
  我喜歡唱歌。

◆ **が**
- 雪が降っています。
  雪正在下。

◆ **ちゃ、ちゃう**
- あ、もう８時。仕事に行かなくちゃ。
  啊，已經８點了！得趕快出門上班了。

3　許可、禁止、義務及命令

◆ **てもいい**　　(1)可以…嗎；(2)…也行、可以…
- このパソコンを使ってもいいですか。
  請問可以借用一下這部電腦嗎？

◆ **なくてもいい**　　不…也行、用不著…也可以
- 作文は、明日出さなくてもいいですか。
  請問明天不交作文可以嗎？

◆ **てもかまわない**　　即使…也沒關係、…也行
- ホテルの場所は駅から遠くても、安ければかまわない。
  即使旅館位置離車站很遠，只要便宜就無所謂。

◆ **なくてもかまわない**　　不…也行、用不著…也沒關係
- 話したくなければ、話さなくてもかまいません。
  如果不願意講出來，不告訴我也沒關係。

◆ **てはいけない**　　(1)不可以…、請勿…；(2)不准…、不許…、不要…
- このアパートでは、ペットを飼ってはいけません。
  這棟公寓不准居住者飼養寵物。

◆ **な**　　不准…、不要…
- ここで煙草を吸うな。
  不准在這裡抽菸！

◆ **なければならない**　　必須…、應該…
- 学生は学校のルールを守らなければならない。
  學生必須遵守校規。

◆ **なくてはいけない**　必須…、不…不可
- 宿題は必ずしなくてはいけません。
  一定要寫功課才可以。

◆ **なくてはならない**　必須…、不得不…
- 会議の資料をもう一度書き直さなくてはならない。
  不得不重寫一遍會議資料。

◆ **命令形**　給我…、不要…
- 汚いな。早く掃除しろ。
  髒死了，快點打掃！

◆ **なさい**　要…、請…
- 漢字の正しい読み方を書きなさい。
  請寫下漢字的正確發音。

4　意志及希望

◆ **てみる**　試著（做）…
- 問題の答えを考えてみましょう。
  讓我們一起來想一想這道題目的答案。

◆ **（よ）うとおもう**　我打算…；我要…；我不打算…
- 夏休みは、アメリカへ行こうと思います。
  我打算暑假去美國。

◆ **（よ）う**　(1)（一起）…吧；(2)…吧
- もう遅いから、帰ろうよ。
  已經很晚了，該回去了啦。

◆ **（よ）うとする**　(1)才…；(2)想…、打算…；不想…、不打算…
- シャワーを浴びようとしたら、電話が鳴った。
  正準備沖澡的時候，電話響了。

◆ **にする**　(1)我要…、我叫…；(2)決定…
- この赤いシャツにします。
  我要這件紅襯衫。

◆ **ことにする**　(1) 習慣…；(2) 決定…；已決定…

- 毎日、日記を書くことにしています。

現在天天都寫日記。

◆ **つもりだ**　打算…、準備…；不打算…；並非有意要…

- 煙草が高くなったから、もう吸わないつもりです。

香菸價格變貴了，所以打算戒菸了。

◆ **てほしい**　希望…、想…；希望不要…

- 給料を上げてほしい。

真希望能調高薪資。

◆ **がる（がらない）**　覺得…（不覺得…）、想要…（不想要…）

- 恥ずかしがらなくていいですよ。大きな声で話してください。

沒關係，不需要害羞，請提高音量講話。

◆ **たがる（たがらない）**　想…（不想…）

- 子供がいつも私のパソコンに触りたがる。

小孩總是喜歡摸我的電腦。

◆ **といい**　要是…該多好；要是…就好了

- 電車、もう少し空いているといいんだけど。

要是搭電車的人沒那麼多該有多好。

5　判斷及推測

◆ **はずだ**　(1) 怪不得…；(2)（按理說）應該…

- 寒いはずだ。雪が降っている。

難怪這麼冷，原來外面正在下雪。

◆ **はずが（は）ない**　不可能…、不會…、沒有…的道理

- 漢字を 1 日 100 個も、覚えられるはずがない。

怎麼可能一天背下100個漢字呢！

◆ **そう**　好像…、似乎…

- このケーキ、おいしそう。

這塊蛋糕看起來好好吃。

◆ **ようだ** (1) 好像…；(2) 像…一樣的、如…似的
- 野田さんは、お酒が好きなようだった。
  聽説野田先生以前很喜歡喝酒。

◆ **らしい** (1) 像…樣子、有…風度；(2) 好像…、似乎…；(3) 說是…、好像…
- 日本らしいお土産を買って帰ります。
  我會買些具有日本傳統風格的伴手禮帶回去。

◆ **がする** 感到…、覺得…、有…味道
- 今は晴れているけど、明日は雨が降るような気がする。
  今天雖然是晴天，但我覺得明天好像會下雨。

◆ **かどうか** 是否…、…與否
- あの店の料理はおいしいかどうか分かりません。
  我不知道那家餐廳的菜到底好不好吃。

◆ **だろう** …吧
- 彼は来ないだろう。
  他大概不會來吧。

◆ **(だろう) とおもう** （我）想…、（我）認為…
- 今日中に仕事が終わらないだろうと思っている。
  我認為今天之內恐怕無法完成工作。

◆ **とおもう** 覺得…、認為…、我想…、我記得…
- 日本語の勉強は面白いと思う。
  我覺得學習日文很有趣。

◆ **かもしれない** 也許…、可能…
- パソコンの調子が悪いです。故障かもしれません。
  電腦操作起來不太順，或許故障了。

6 可能、難易、程度、引用及對象

◆ **ことがある** (1) 有過…（但沒有過…）；(2) 有時…、偶爾…
- 友達とカラオケに行くことがある。
  我和朋友去過卡拉ＯＫ。

◆ ことができる (1)可能、可以；(2)能…、會…

- 午後 3 時まで体育館を使うことができます。

  在下午 3 點之前可以使用體育館。

◆ (ら) れる (1)會…、能…；(2)可能、可以

- 森さんは 100 m を 11 秒で走れる。

  森同學跑100公尺只要11秒。

◆ やすい 容易…、好…

- ここは便利で住みやすい。

  這地方生活便利，住起來很舒適。

◆ にくい 不容易…、難…

- この薬は、苦くて飲みにくいです。

  這種藥很苦，不容易嚥下去。

◆ すぎる 太…、過於…

- 昨日は食べすぎてしまった。胃が痛い。

  昨天吃太多了，胃好痛。

◆ 数量詞＋も (1)好…；(2)多達…

- 昨日はコーヒーを何杯も飲んだ。

  昨天喝了好幾杯咖啡。

◆ そうだ 聽說…、據說…

- 平野さんの話によると、あの二人は来月結婚するそうです。

  我聽平野先生說，那兩人下個月要結婚了。

◆ という (1)叫做…；(2)說…（是）…

- 森田さんという男の人をご存知ですか。

  您認識一位姓森田的先生嗎？

◆ ということだ 聽說…、據說…

- 王さんは N2 に合格したということだ。

  聽說王同學通過了N2級測驗。

◆ について (は)、につき、についても、についての (1)由於…；(2)有關…、就…、關於…

- 閉店につき、店の商品はすべて 90 ％ 引きです。

  由於即將結束營業，店內商品一律以一折出售。

7 變化、比較、經驗及附帶狀況

◆ **ようになる** （變得）…了
- 日本に来て、漢字が少し読めるようになりました。
  來到日本以後，漸漸能看懂漢字了。

◆ **ていく** (1)…下去；(2)…起來；(3)…去
- 子供は大きくなると、親から離れていく。
  孩子長大之後，就會離開父母的身邊。

◆ **てくる** (1)…起來；(2)…來；(3)…（然後再）來…；(4)…起來、…過來
- 風が吹いてきた。
  颳起風了。

◆ **ことになる** (1)也就是說…；(2)規定…；(3)（被）決定…
- 最近雨の日が多いので、つゆに入ったことになりますか。
  最近常常下雨，已經進入梅雨季了嗎？

◆ **ほど～ない** 不像…那麼…、沒那麼…
- 外は雨だけど、傘をさすほど降っていない。
  外面雖然下著雨，但沒有大到得撐傘才行。

◆ **と～と、どちら** 在…與…中，哪個…
- ビールとワインと、どちらがよろしいですか。
  啤酒和紅酒，哪一種比較好呢？

◆ **たことがある** (1)曾經…過；(2)曾經…
- 富士山に登ったことがある。
  我爬過富士山。

◆ **ず(に)** 不…地、沒…地
- 今週はお金を使わずに生活ができた。
  這一週成功完成了零支出的生活。

8 行為的開始與結束等

◆ **ておく** (1)…著；(2)先…、暫且…
- 友達が来るからケーキを買っておこう。
  朋友要來作客，先去買個蛋糕吧。

◆ **はじめる**　　開始…
- 先月から猫を飼い始めました。
  從上個月開始養貓了。

◆ **だす**　　…起來、開始…
- 会議中に社長が急に怒り出した。
  開會時總經理突然震怒了。

◆ **ところだ**　　剛要…、正要…
- 今から山に登るところだ。
  現在正準備爬山。

◆ **ているところだ**　　正在…、…的時候
- 警察は昨日の事故の原因を調べているところです。
  警察正在調查昨天那起事故的原因。

◆ **たところだ**　　剛…
- さっき、仕事が終わったところです。
  工作就在剛才結束了。

◆ **てしまう**　　(1)…完；(2)…了
- おいしかったので、全部食べてしまった。
  因為太好吃了，結果統統吃光了。

◆ **おわる**　　結束、完了、…完
- 今日やっとレポートを書き終わりました。
  今天總算寫完了報告。

◆ **つづける**　　(1)連續…、繼續…；(2)持續…
- 明日は一日中雨が降り続けるでしょう。
  明日應是全天有雨。

◆ **まま**　　…著
- クーラーをつけたままで寝てしまった。
  冷氣開著沒關就這樣睡著了。

9　理由、目的及並列

◆ **し** (1) 既…又…、不僅…而且…；(2) 因為…
- 田中先生は面白いし、みんなに親切だ。
田中老師不但幽默風趣，對大家也很和氣。

◆ **ため (に)** (1) 以…為目的，做…、為了…；(2) 因為…所以…
- 試合に勝つために、一生懸命練習をしています。
為了贏得比賽，正在拚命練習。

◆ **ように** (1) 請…、希望…；(2) 以便…、為了…
- 明日晴れますように。
祈禱明天是個大晴天。

◆ **ようにする** (1) 使其…；(2) 爭取做到…；(3) 設法使…
- 子供は電車では立つようにしましょう。
小孩在電車上就讓他站著吧。

◆ **のに** 用於…、為了…
- N4 に合格するのに、どれぐらい時間がいりますか。
若要通過N4測驗，需要花多久時間準備呢？

◆ **とか～とか** (1) 又…又…；(2)…啦…啦、…或…、及…
- 息子夫婦は、子供を産むとか産まないとか言って、もう7年ぐらいになる。
我兒子跟媳婦一會兒又說要生小孩啦，一會兒又說不生小孩啦，這樣都過了7年了。

10　條件、順接及逆接

◆ **と** (1) 一…竟…；(2) 一…就
- 箱を開けると、人形が入っていた。
打開盒子一看，裡面裝的是玩具娃娃。

◆ **ば** (1) 假如…的話；(2) 假如…、如果…就…；(3) 如果…的話
- 時間があれば、明日映画に行きましょう。
有時間的話，我們明天去看電影吧。

◆ **たら**　(1)…之後、…的時候；(2) 要是…、如果要是…了、…了的話
- 病気がなおったら、学校へ行ってもいいよ。
  等到病好了以後，可以去上學無妨喔。

◆ **たら〜た**　原來…、發現…、才知道…
- 食べすぎたら太った。
  暴飲暴食的結果是變胖了。

◆ **なら**　如果…就…；…的話；要是…的話
- 「この時計は 3,000 円ですよ。」「えっ、そんなに安いなら、買います。」
  「這支手錶只要3000圓喔。」「嘎？既然那麼便宜，我要買一支！」

◆ **たところ**　結果…、果然…
- 病院に行ったところ、病気が見つかった。
  去到醫院後，被診斷出罹病了。

◆ **ても、でも**　即使…也
- そんな事は小学生でも知っている。
  那種事情連小學生都知道！

◆ **けれど(も)、けど**　雖然、可是、但…
- たくさん寝たけれども、まだ眠い。
  儘管已經睡了很久，還是覺得睏。

◆ **のに**　(1) 明明…、卻…、但是…；(2) 雖然…、可是…
- 兄は静かなのに、弟はにぎやかだ。
  哥哥沉默寡言，然而弟弟喋喋不休。

11 授受表現

◆ **あげる**　給予…、給…
- 「チョコレートあげる。」「え、本当に、嬉しい。」
  「巧克力送你！」「啊，真的嗎？太開心了！」

◆ **てあげる**　(為他人)做…
- おじいさんに道を教えてあげました。
  為老爺爺指路了。

◆ **さしあげる**　　給予…、給…
- 彼のご両親に何を差し上げたらいいですか。
該送什麼禮物給男友的父母才好呢？

◆ **てさしあげる**　　（為他人）做…
- お客様にお茶をいれて差し上げてください。
請為貴賓奉上茶。

◆ **やる**　　給予…、給…
- 赤ちゃんにミルクをやる。
餵小寶寶喝奶。

◆ **てやる**　　(1)一定…；(2)給…（做…）
- 今年は大学に合格してやる。
今年一定要考上大學！

◆ **もらう**　　接受…、取得…、從…那兒得到…
- 妹は友達にお菓子をもらった。
妹妹的朋友給了她糖果。

◆ **てもらう**　　（我）請（某人為我做）…
- 留学生に英語を教えてもらいます。
請留學生教我英文。

◆ **いただく**　　承蒙…、拜領…
- 先生の奥様にすてきなセーターをいただきました。
師母送了我一件上等的毛衣。

◆ **ていただく**　　承蒙…
- 私は田中さんに京都へつれて行っていただきました。
田中先生帶我一起去了京都。

◆ **くださる**　　給…、贈…
- 先生がご自分の書かれた本をくださいました。
老師將親自撰寫的大作送給了我。

◆ てくださる （為我）做…

- 先生、私の作文を見てくださいませんか。
  老師，可以請您批改我的作文嗎？

◆ くれる 給…

- マリーさんがくれた国のお土産は、コーヒーでした。
  瑪麗小姐送我的故鄉伴手禮是咖啡。

◆ てくれる （為我）做…

- 小林さんが日本料理を作ってくれました。
  小林先生為我們做了日本料理。

12 被動、使役、使役被動及敬語

◆ （ら）れる (1) 在…；(2) 被…；(3) 被…

- 卒業式は3月に行われます。
  畢業典禮將於3月舉行。

◆ （さ）せる (1) 把…給；(2) 讓…、隨…、請允許…；(3) 讓…、叫…、令…

- 父はいつも家族みんなを笑わせる。
  爸爸總是逗得全家人哈哈大笑。

◆ （さ）せられる 被迫…、不得已…

- 会長に、ビールを飲ませられた。
  被會長強迫喝了啤酒。

◆ 名詞＋でございます 是…

- はい、山田でございます。
  您好，敝姓山田。

◆ （ら）れる

- 今年はもう花見に行かれましたか。
  您今年已經去賞過櫻花了嗎？

◆ お／ご＋名詞 您…、貴…

- こちらにお名前をお書きください。
  請在這裡留下您的大名。

◆ お／ご～になる
- 社長は、もうお帰りになったそうです。

總經理似乎已經回去了。

◆ お／ご～する　　我為您(們)做…
- 私が荷物をお持ちします。

行李請交給我代為搬運。

◆ お／ご～いたす　　我為您(們)做…
- これからもよろしくお願いいたします。

往後也請多多指教。

◆ お／ご～ください　　請…
- どうぞ、こちらにおかけください。

這邊請，您請坐。

◆ (さ) せてください　　請允許…、請讓…做…
- ここに荷物を置かせてください。

請讓我把包裹放在這裡。

精修 關鍵句版

新制對應 絕對合格！
日檢必背閱讀 [25K]

【日檢智庫36】

N4

■ 發行人／林德勝

■ 著者／吉松由美、田中陽子

■ 出版發行／山田社文化事業有限公司
　地址　臺北市大安區安和路一段112巷17號7樓
　電話　02-2755-7622　02-2755-7628
　傳真　02-2700-1887

■ 郵政劃撥／19867160號　大原文化事業有限公司

■ 總經銷／聯合發行股份有限公司
　地址　新北市新店區寶橋路235巷6弄6號2樓
　電話　02-2917-8022
　傳真　02-2915-6275

■ 印刷／上鎰數位科技印刷有限公司

■ 法律顧問／林長振法律事務所　林長振律師

■ 書／定價　新台幣 320 元

■ 初版／2022年1月